Olaf Nägele

HAMMER HART

Bibliografische Information der Deutschen Nationalbibliothek:
Die Deutsche Nationalbibliothek verzeichnet diese Publikation
in der Deutschen Nationalbibliografie; detaillierte bibliografische
Daten sind im Internet über dnb.dnb.de abrufbar.

Umschlaggestaltung: Karolin Kornelsen
Lektorat: Sue Glanzner

Herstellung und Verlag: BoD – Books on Demand, Norderstedt

ISBN:9783754373071

Liebe Leserin, lieber Leser,

es war und ist HAMMERHART: Ein Virus und die damit einhergehende Pandemie hat den Alltag aus den Angeln gehoben, die Gesellschaft gespalten und, was viel schlimmer ist: Virus und Pandemie haben aus mir einen Tagebuchschreiber gemacht.

Tagebuch: Solche Aufzeichnungen des drögen Seins werden doch allenfalls von adipösen, von Liebeleien verschonten Jugendlichen oder von Sinnsuchenden geschrieben, die vom Universum keine Antwort bekommen. Gut, stimmt, in beiden Fällen hätte ich auch schon anfangen können, meine Gedanken zu Papier zu bringen. Aber nein, ein Virus, eine Krankheit bringt nicht nur Menschen auf die Straße, um dagegen zu sein, sondern auch mich an den Schreibtisch.

Dabei war es wirklich nicht so, dass ich mich gelangweilt hätte in der häuslichen Isolation während den Lockdown-Phasen. Keinesfalls. Also nicht oft. Nur manchmal, hin und wieder. Ich wollte mir mit meinen Aufzeichnungen auch keinen Trost spenden oder literarische Zähren vergießen. Es ging mir darum, ungewöhnliche Erscheinungen und absonderliche Verhaltensweisen festzuhalten. Und da gab es in den ersten Monaten so einige, ganz unabhängig von Klopapier-Horterei und Ravioli-Rausch. Ich meine, wann hat man schon mal eine Pandemie, da stecken doch Geschichten drin. Auszüge dieser Tagebuchaufzeichnungen finden Sie in der Mitte des Buches.

Drumherum habe ich Texte gesammelt, die vor, während und nach der Arbeit an meinen Kriminalromanen entstanden sind. Zum Beispiel Episoden der Radio-Kolumne »Hen Se g'schwend Zeit«, die ich für den Reutlinger Sender NeckaralbLive schreiben und einsprechen durfte. Und auch das ist HAMMERHART: Um den Leserinnen und Lesern, die im Schwäbischen Defizite aufweisen, einen Zugang zu den Texten zu schaffen, habe ich sie ins Hochdeutsche übersetzt.

HAMMERHART ist auch, dass Sie mit meinen Ausflügen in lyrische Gefilde konfrontiert werden. Einige dieser Pretiosen von außergewöhnlich poetischer Strahlkraft fanden ihre Erprobung in den Bühnenprogrammen von »Dem und Derra Nägele«, die ich mit der zauberhaften Babs Steinbock und dem an Charme wohl kaum zu übertreffenden Claus Lindenmaier bestreiten darf.

Und ich stelle Ihnen einige meiner Freunde vor. HAMMERHART ist, dass sie inzwischen eher Ex-Freunde sind, was es einfacher machte, sie humoristisch zu porträtieren. Kurz: Sie halten ein Lesebuch in der Hand, das Sie überallhin begleiten kann: in die Schule/ Universität, zur Arbeit, zu Sport und Spiel, auf die Toilette, unter die Dusche, in's Schlafzimmer. Zeit für ein bisschen Lektüre findet sich immer.

Ich wünsche viel Vergnügen,

Ihr
Olaf Nägele

Inhaltsverzeichnis

Proust Mahlzeit

Leute kauft mehr Literatur.
Nur keine Hemmingways.
 Kommen Sie näher, kommen Sie ran,
hier werden Sie bedient wie bei Paul Celan.
Neu reingekommen sind unsere Schillerlocken:
Wer drei nimmt, erhält gratis ein Shakespeare dazu.
Na, springt da die Funke über?
Das ist die Joyce Ihres Lebens.
Was Musil denn tun, damit Sie kaufen?
Ihre Sparsamkeit ist echt Grass.
Da Ringelnatz einem ja die Fußnägel auf.
Dabei würde Ihnen ein bisschen Vonnegut tun.
Aber ich Schätzing, dafür haben Sie kein Haupt Mann.
Umsonst wollen Sie lesen? Auf keinen Fallada.
Alles was Brecht ist. Da Goethe ja jeder kommen.
Literatur hat seinen Kleist.
Wer das nicht akzeptiert, kann uns Verne haben.

Loslassen mit Resonanz

»Mit dir zusammen zu leben, ist nicht einfach«, eröffnete mir
die beste Lebensgefährtin, die man sich vorstellen kann, eines
Morgens beim Frühstück. »Nachts knirschst du mit den Zähnen,
da meint man, du würdest Knäckebrot kauen. In deinen Furchen
auf der Stirn könnte man Kartoffeln anpflanzen, so tief sind die.
Und ständig bist du am Zappeln, als würdest du in einem Ameisen-
haufen sitzen. Wie kann ein einzelner Mensch so angespannt sein?«

Vor Schreck über diese Aufzählung meiner mir bislang unentdeckt gebliebenen Schwächen, ließ ich mein Honigbrot fallen. Es verfehlte meinen Teller knapp und landete direkt auf meiner Hose. Mit dem Belag nach unten, versteht sich.

Bei dem Versuch, mein Beinkleid zu retten, stieß ich meinen Kaffee um, der sofort die Wurstplatte flutete. Meine Partnerin beobachtete mit stoischer Miene, wie sich meine Missgeschicke zu einer mittleren Katastrophe aneinanderreihten.

»Siehst du? Genau das meine ich. Du bist derartig angespannt, dass dir andauernd solche Dinge passieren«, lautete ihr Kommentar, während ich versuchte, mit einer Serviette den Honig aus meinem Schritt zu tupfen.

»Und was soll ich, deiner Meinung nach, dagegen tun?«, fragte ich gereizt.

»Du musst ruhiger werden. Lerne dich zu entspannen«, lautete ihr Rat. »Übrigens: Die Hose kannst du wegwerfen. Du hättest die Serviette nass machen müssen. Jetzt ist es zu spät.«

Das war so ein Punkt, der meine Nervenenden reizte: Ihre hochmütige Art, diese Besserwisserei, die sie immer dann anwendete, wenn nichts mehr zu retten war.

»Das hättest du mir ja vielleicht früher sagen können«, herrschte ich sie an.

»Ts, ts, ts. Ein Typ wie eine Tiefkühltruhe. Ständig unter Strom«, entgegnete sie, erhob sich und verließ den Raum.

Im Büro lief es keinen Deut besser. Mein Kollege strafte mich mit Missachtung, ging meinen Kontaktaufnahmeversuchen eindeutig aus dem Weg. Nach einer Stunde Stillschweigen stellte ich ihn zur Rede.

»Das fragst du noch? So wie du dich gestern bei der 100-Jahr-Feier der Bäckerei Weber aufgeführt hast, musst du dich nicht wundern, wenn keiner mehr mit dir redet.«

Ich versuchte mich zu erinnern. Das Jubiläum unseres größten Kunden verlief aus meiner Sicht unspektakulär. Ich hatte keine Ahnung, wovon er sprach.

»Das ist das Schlimme: Du merkst nicht einmal, wenn du dich danebenbenimmst. Deine Vermutung, die Brötchen vom Buffet stammten wohl aus Gründertagen, kam gar nicht gut an. Und dass du das Ehepaar Weber als abgelaufene Sahneschnitte und aufgeblasenen Windbeutel beschrieben hast, und zwar so laut, dass es alle hören mussten, auch nicht.«

»Na gut, ich hatte ein Gläschen zu viel getrunken. Da sagt man so etwas schon mal«, versuchte ich, die Sache ins Belanglose zu ziehen.

Er sah mich entsetzt an und packte mich an den Schultern. »Nein, du warst nicht betrunken. Du bist eine tickende Zeitbombe. Der kleinste Funke genügt, um dich zum Explodieren zu bringen. Du stehst unter Hochspannung, bist ständig gereizt, bist ein Typ wie ein Formel-1-Wagen: Von null auf hundertachtzig in fünf Sekunden.«

Immerhin hatte ich durch den neuen Vergleich den Bereich der Weißware verlassen. Aber seine Kritik ließ mich nicht unberührt, zumal sie in ihrer Aussage mit der meiner Partnerin übereinstimmte.

»Okay«, sagte ich beherrscht. »Was schlägst du vor?«

Er tätschelte mir die Wange. »Schalte einen Gang zurück. Geh spazieren. Meditiere. Oder melde dich bei einem Tai Chi- oder einem Yoga-Kurs an.« Er boxte mich freundschaftlich gegen die Schulter. »Bei diesen Kursen herrscht immer ein enormer Frauenüberschuss. Wenn das kein Argument ist.« Er zwinkerte mir doppeldeutig zu.

Auf den Frauenüberschuss konnte ich verzichten. Wahrscheinlich trafen sich die Damen nur, um Neuankömmlinge wie mich zu beobachten und sich an meinen unbeholfenen Bewegungen zu ergötzen, die sie beim nächsten Kaffeeklatsch ungehindert durchlästern konnten.

Mein Motto lautete: Selbst ist der Mann und so besorgte ich mir in einer Buchhandlung eine DVD, die einen Yoga-Kurs für Anfänger und ziemlich Fortgeschrittene versprach.

Meine Lebensgefährtin mutmaßte, dass ich mir das Werk nur wegen der drallen, vollbusigen Leiterin, die auf den Namen Yoga-Jordan hörte, gekauft hatte.

»Das Auge turnt mit«, erklärte ich ihr und versuchte die Übungen nachzuahmen, die mir die junge Frau im extrem figurbetonten Dress vormachte. Sie erwies sich trotz ihres äußerst üppigen Vorbaus als sehr viel gelenkiger als ich, zudem fiel es mir schwer, mich zu konzentrieren. Meine weitaus bessere Hälfte hatte mit einem Glas Wein und Kartoffelchips auf der Couch Platz genommen, beobachtete mich und kommentierte die Figuren, die ich auf die Matte legte.

»Ganz ehrlich, für deinen *herabschauenden Hund* müsstest du beim Tierschutz angezeigt werden«, spottete sie.

Kurz konnte ich ihre Bewertungen ausblenden, als Jordan in die *Cobra* ging und ihr Oberteil auf eine harte Materialprobe stellte.

»Ich dachte immer, die Cobra sei eine Schlange«, ätzte es von hinten. »Bei dir sieht das ein bisschen aus wie ein verendender Seelöwe.«

Alle ihre Sticheleien ertrug ich mit einer Fassung, um die mich Mahatma Gandhi sicher beneidet hätte, aber als mein *Baum*, bei dem es gilt, das Gleichgewicht auf einem Bein zu halten und mit den Händen über dem Kopf eine Krone zu bilden, mit »Sag mal, hat bei dir schon das Waldsterben eingesetzt« bewertet wurde, erlosch meine Begeisterung für Jordan und ihre Trainingseinheiten.

Dafür erwachte mein Zorn. »Ich hoffe, dein Körper bleibt so beweglich wie dein Mundwerk«, blaffte ich meine Partnerin an und hörte noch, wie sie mir »Aus einer trüben Quelle lässt sich kein klares Wasser schöpfen« hinterher brüllte.

Womöglich ist es dem Gesetz der Resonanz zuzuschreiben, diesem esoterischen Glaubenssatz, dass gezielte Wünsche durch die Energie des Universums genährt werden und ich noch an diesem Abend eine Entspannungstechnik für mich entdeckte, die meiner Persönlichkeit entsprach.

Im Gasthaus um die Ecke saß eine mobile Männer-Yoga-Gruppe um einen Tisch und exerzierte Übungen, die mir allzu vertraut waren. *Das durstige Kamel*, das möglichst rasche Leeren eines Bierkrugs, beherrschte ich aus dem Effeff. Auch beim *reißenden Wolf*, dem Verschlingen einer Frikadelle unter zehn Sekunden, machte mir keiner etwas vor. Mein *röhrender Hirsch*, der lang gezogene Ructus, vulgär auch Rülpser genannt, ist ausbaufähig und auch beim *notgeilen Bock*, dem Versuch, der Kellnerin in die Bluse zu schielen, hielt ich mich höflich zurück. Mir war zu Ohren gekommen, dass einer meiner Mit-Yoginis in Folge einer ähnlichen Situation die Figur des *Klappernden Storchs* eingenommen hatte und schon bald mit der Übung *Fütter das Kuckuckskind* konfrontiert worden war.

Wie jede Entspannungstechnik erfordert auch meine erwählte Disziplin. Und eine gewisse Regelmäßigkeit erhöht den Erfolg. Seitdem ich zweimal wöchentlich zum Männer-Yoga gehe, kann mir kein Stress der Welt etwas anhaben. Allerdings beschwert sich meine Lebensgefährtin nun über meine Lieblingsfiguren *taumelnder Schimpanse* und *ausgelassene Kichererbse*. Während ich in mir ruhe, wirkt sie aufbrausend und gereizt. Ich glaube, sie sollte unbedingt lernen zu entspannen.

Horror mit Lauch

»Mensch, bist du groß geworden!«

Eigentlich habe ich mir als Jugendlicher geschworen, diese von Generationen gebrauchte Worthülse niemals anzuwenden. Sie ist der Ausdruck einer unüberwindbaren Kommunikationsbarriere, die sich zwischen einem Erwachsenen und einem jungen Menschen, die nicht täglich miteinander zu tun haben, auftürmt.

Der Satz ist mir herausgerutscht und schon fühle ich mich schuldig. Mein kleiner Freund Jan, der mich inzwischen um einen halben Kopf überragt und Empfänger dieser Floskel, verdreht zurecht die Augen, stülpt die Kapuze seines Hoodies über den Kopf und schlurft stöhnend von dannen.

»Mach dir nichts draus. Er ist in einer schwierigen Phase«, versucht seine Mutter den Abgang zu erklären, aber das muss sie nicht. Eine Begrüßung wie diese, an Inhalts- und Bedeutungslosigkeit nicht zu übertreffen, hat kein junger Mensch dieser Welt verdient.

»Wir kommen klar«, erwidere ich und ernte dafür ein schrilles Lachen.

»Bist du sicher? Da wärst du derzeit aber der Einzige, der sich auf dem Planeten Jan zurecht findet.«

»Jungs in dem Alter sind so. Das kenn ich von mir«, gebe ich den Jugend-Versteher, wohlwissend, dass zwischen meiner persönlichen Pubertäts-Erfahrung und Jans Gegenwart Jahrzehnte liegen.

»Na, dann ist es ja gut«, antwortet seine Mutter spitz.

Jan kenne ich seit seiner Geburt und wir haben schon einige Abenteuer zusammen erlebt. Immer dann, wenn seine Eltern eine kurze Auszeit von seinem kreativen und lebendigen Schaffen benötigten, sprang ich ein, um mit ihm die Welt zu erkunden. Er brachte mir seine Sichtweise auf die Dinge bei und ich bezahlte meistens dafür, wenn seine Perspektive nicht mit der anderer Menschen, oder dem Gesetzgeber übereinstimmten. Denn auch das waren fundamentale Eigenschaften des aufgeweckten Kerls: Seine zügellose Energie und sein Drang, Dinge nachhaltig in Bestandteile zu zerlegen, ohne darüber nachzudenken, ob die Puzzleteile jemals wieder zusammengefügt werden konnten.

Im Laufe der Jahre legte sich dieser Antrieb, die Hormone übernahmen das Kommando und verwandelten das sonnige Herzblättchen in ein finster dreinblickendes, wortkarges, meist schlecht gelauntes personifiziertes Magengeschwür. Vielleicht trug die Trennung der Eltern zu seiner Verstörung bei, ganz bestimmt jedoch die Tatsache, dass sich Jans Vater in eine 18-jährige Thailänderin verliebte, die sich bald schon als 25-jähriger Thailänder entpuppte. Dennoch versuchen wir, der Tradition gehorchend, zumindest ein- bis zweimal im Jahr etwas miteinander zu unternehmen. Jan hat Nachholbedarf in musikalischer Sozialisation, wie ich finde und umgekehrt sieht er es wohl ebenso, also besuchen wir des Öfteren Konzerte, die entweder er oder ich vorschlage. Von Bereicherung für beide Seiten kann nicht gesprochen werden. Musikgeschmack kennt auf beiden Seiten keine Toleranz.

»Was wollt ihr heute machen?«, fragt mich seine Mutter. Sie trägt ein schwarzes, tief dekolletiertes Kleid, das ihre weibliche Figur sehr betont. Sie duftet nach Vanille und Honig. Offensichtlich hat sie schon sehr genaue Pläne für den Abend, was ich von mir nicht behaupten kann.

»Ich dachte, ein bisschen Kultur könnte nicht schaden. Im Marionetten-Theater zeigen sie heute Schillers Räuber«, sage ich.

»Na, da wird sich Jan aber freuen. Ganz sein Ding«, erwidert seine

Mutter und legt eine Hand auf meinen Arm. Eine Geste, die wohl mehr Trost als Zuspruch sein soll.

»Ich muss los«, sagt sie, haucht mir einen Kuss auf die Wange. »Viel Spaß im Marionetten-Theater, Jan«, ruft sie.

»Da kann er allein hingehen, der Geringverdiener«, kommt es schroff von oben. »Ich geh ins Kino. Mit meinem Squad.«

»Das ist doch prima. Ich komme mit! Ich lade euch ein, so wenig verdiene ich nämlich gar nicht«, ergänze ich.

»Den Abend wirst du so schnell nicht vergessen«, lautet der Kommentar von Jans Mutter, bevor sie die Haustür hinter sich zuzieht.

Selbstverständlich gibt es bessere Ideen als mit fünf am Tor der Adoleszenz Pochenden ins Kino zu gehen und ihnen die Auswahl des Filmes zu überlassen. Ich hätte mit einem wunderbaren Disney-Abenteuer, dem neuen James Bond oder auch einer Komödie mit Til Schweiger in der Hauptrolle leben können, aber das Squad, zwei Mädchen und drei Jungs, entscheidet sich für den Horror-Streifen mit dem vielsagenden Titel »Das Klassenfahrt-Massaker«.

»Der Film ist erst ab 18 Jahren freigegeben«, versuche ich den letzten Joker zu ziehen, um das Unvermeidliche zu verhindern.

»Keine Sorge. Wir bringen dich da rein«, erklärt mir Lars und grinst. Die Mädchen kichern. Ausgerechnet er, der aufgrund seiner Größe in einer Riesentonne Popcorn verschwinden würde wie in einem Ikea-Bällebad, reißt hier auf meine Kosten Zoten. Gut, da stehe ich drüber. Auch, dass ich von Jan dazu aufgefordert werde, eine Runde »Shots« auszugeben, das sei der Preis dafür, den Abend mit ihm und seinen Freunden teilen zu dürfen.

»Euch ist schon klar, dass darin Alkohol enthalten ist«, sage ich nach eingehender Überprüfung des Etiketts.

»Ja, aber nicht genug«, sagt Clarissa, zieht eine kleine Flasche Wodka aus ihrer Jackentasche und füllt die Flaschen ihrer Freunde auf. Ich versuche, meine eigene Jugend in Erinnerung zu rufen. Vielleicht hätten ich und meinesgleichen genauso gehandelt, wenn wir die Möglichkeit gehabt hätten. Statt im Supermarkt Schnäpse zu kaufen, haben wir mitten in der Nacht den Getränkehändler im Heimatdorf aus dem Schlaf geklingelt, wenn uns das Bier ausging. Den Kasten haben wir später wieder abgegeben, vom Pfand konnten wir noch eine Schachtel Zigaretten ziehen. Als Zwölfjährige konnten wir wirklich nicht mehr vom Leben verlangen.

Die Handlung des Films ist vorhersehbar. Eine Schulklasse der Senior High aus Wasweißichnichtwo begibt sich auf Klassenfahrt. Der Bus hat eine Panne, bleibt mitten in der Pampa stecken, ein Trupp Schüler erkundet die Umgebung, findet eine einsame Villa in einem angrenzenden Wäldchen und muss allen Warnungen zum Trotz hineingehen. Die Warnungen kommen aus dem Zuschauerraum des Kinos, genauer gesagt von mir, denn es ist doch offensichtlich, dass in einem einsamen Gebäude mitten im Wald das Grauen wohnt. Allein die dunkel dräuende Musik setzt meine Nerven unter Hochspannung, doch das hält die Halbwüchsigen im Film nicht davon ab, die Abwesenheit des Lehrers auszunutzen und wild miteinander zu knutschen und herumzufummeln. Als eines der Mädchen das T-Shirt über den Kopf zieht, ist es mit der Zurückhaltung des Squads vorbei.

»Eh, Miri, deine Dinger sind aber größer«, sagt Paul und klatscht sich mit Lars ab.

»Dafür ist dein Gerät kleiner als das von dem Typen«, kontert Miri.

»Jeder Schwanz ist größer als der von Paul«, springt Clarissa ihrer Freundin zur Seite.

»He Leute, beruhigt euch«, insistiere ich. »Konzentriert euch auf den Film.«

»Was ist mit dem los? Ist der schwul?«, wispert Paul in Jans Ohr.

Ich will etwas erwidern, doch auf der Leinwand droht Unbill. Ein Vogel klatscht gegen eine Scheibe, ich zucke zusammen. Wenig später fliegt der nächste Vogel dagegen, dann noch einer und noch einer, es ist eine Frage der Zeit, wann die Scheibe birst.

»Alter, im Mac Donalds bei denen gibt es heute Chicken Wings im Angebot«, krächzt Paul und das Squad goutiert den Spruch mit heiserem Grölen.

»Hallo? Geht's noch?«, ertönt eine Stimme neben mir. Ich drehe den Kopf in Richtung des Rufers und werde vom Lichtstrahl einer Taschenlampe geblendet. Ich schirme mit der Hand meine Augen ab und kann eine schemenhafte Figur neben mir ausmachen. Muss wohl ein Ordner sein.

»Wenn hier nicht gleich ein bisschen Ruhe einkehrt, dann fliegen Sie...«, er lässt den Lichtstrahl an mir auf- und abwandern, »... und Ihre Saubande raus.«

»Klar, kein Problem«, versichere ich. »Wir sind halt alle ein bisschen angespannt.«

»Das geht auch leise«, raunt mir der Schatten zu und verschwindet im Dunkel des Raums.

Das Squad kichert.

»Boah, was für ein Lappen«, zischt Lars und ich kann nur hoffen, dass er den Typen meint, der im Film den Lehrer spielt. Der Knabe hat wirklich nichts im Griff.

Die Filmjugendlichen rennen panisch durch den Wald, nur ein Mädchen bleibt in der Villa zurück, weil ihr eine Stimme, die nur sie hört, dazu rät. Dieses Mal ist es nicht meine Stimme.

»Ey, ist die behindert? Warum bleibt die denn da drin?«, mosert Clarissa und zieht ihren Flachmann hervor. Sie bietet mir einen Schluck an. Ich lehne dankend ab.

»Machen Sie sich doch mal locker«, versucht sie es noch einmal.

Na gut, ich will nicht als Spießer gelten, also nehme ich ihr das silberne Fläschchen ab und trinke es aus. Auch aus pädagogischen Gründen.

Clarissa nimmt den Flachmann wieder an sich und dreht ihn um. »Das Opfer hat unseren Wodka alle gemacht«, ächzt sie ungläubig und sieht dem einsamen Tropfen, der zu Boden sinkt, traurig hinterher.

Die Taschenlampe hinter mir flammt auf. »Sie verführen junge Menschen zum Trinken? Jetzt reicht es dann aber«, wispert mir der Ordner ins Ohr. »Ich warne Sie. Beim nächsten Verstoß fliegen Sie hochkant raus.«

Ich versuche, mich wieder auf die Leinwand zu konzentrieren, wobei ich nicht weiß, was mich nervöser macht. Die Ungewissheit, was das Squad noch in petto hat, oder die Existenz der ordnenden Hand hinter mir.

Ein Schatten schiebt sich auf das Mädchen in der Hütte zu, die Türen werden von Geisterhand verrammelt und ab diesem Moment wird der Film minütlich seinem Titel gerecht. Eine Grausamkeit jagt die nächste und während ich immer tiefer in den Sessel rutsche, haben meine jugendlichen Begleiter richtig Spaß.

»Hast du das gesehen? Der hat dem das Ohr abgebissen.«

»Das Ohr stand dem im Weg, das musste weg.«

»Ohaaaa, voll der Kopf weggeflogen.«

»Der hat nie wieder Kopfschmerzen.«

»Der Zombie sieht aus wie der Graser, der bei uns Mathe gibt.«

»He, beleidige den Zombie nicht.«

17

»Miri, wieso hast du denn mit dem Schluss gemacht?«

»Er hat mich an dich erinnert, du Vollpfosten.«

Ich halte mir die Hand vor Augen, und bedauere, dass es mir nicht gelingt, gleichzeitig beide Ohren zuzuhalten.

»Hat der dem gerade das Herz rausgerissen?«

»Jetzt ist der voll herzlos, Digga.«

»Sagt der Richtige.«

»Was hat der denn auf seinem Hemd? Ist das Hirn?«

»He he, der hat mehr Hirn auf der Jacke als der Typ vom Kino im Kopf.«

Auf diesen Satz scheint der Ordner hinter mir gewartet zu haben.

»Jetzt reicht's«, brüllt er, überspringt die Sitzreihe, packt mich am Kragen und befördert mich vor die Tür. Während ich noch meine Garderobe richte, fallen nacheinander Lars, Paul, Jan, Miri und Clarissa aus dem Saal.

Meine jugendlichen Mitstreiter blicken mich stumm an.

»Gut, gehen wir halt nach Hause«, sage ich. »Der Film war ja eh fast zu Ende.

»Mann, ist das ein Lauch«, flüstert Paul Jan ins Ohr. »Den Typen hätte ich fertig gemacht.«

»Voll cringe«, bekommt er zur Antwort.

Ich beschließe, mich nicht provozieren zu lassen. Die Jugend hat eine Erbpacht darauf, überheblich zu sein. Das war so und wird auch so bleiben.

Auf dem Nachhauseweg werden die wichtigsten Szenen noch einmal in Erinnerung gerufen.

»Wie der dem das Auge rausgeschossen hat …«

»Und die Alte, voll aufgespießt«

»Der Bus hat den mega gegen die Wand gequetscht.«

»Ja, der Streifen war ganz schön gruselig, oder?«, versuche ich mich an dem Gespräch zu beteiligen.

Die Fünf sehen sich schweigend an.

»Gruselig? Mann, was für ein Bodenturner«, wispert Paul.

Ich komme nicht dazu, ihm zu widersprechen, denn irgendetwas scheint Clarissa in Aufregung zu versetzen. »Miri, in deinen Haaren«, kreischt sie.

Ohne zu wissen, was sie in der Frisur trägt, fängt die Freundin an zu zappeln. »Mach es weg, mach es weg«, quietscht sie

Ich versuche, sie festzuhalten und entdecke ein mikroskopisch kleines Spinnentier, das sich an einem Faden in Richtung Schulter ablässt.

»Ist nur eine Spinne«, sage ich und löse damit eine mittlere Panikattacke bei dem Mädchen aus. Bewegung kommt in die Gruppe. Miri wimmert, Clarissa flüchtet, die Jungs verziehen angewidert das Gesicht.

»Macht es bitte weg«, schreit Miri die Jungs an. Jan verliert sämtliche Gesichtsfarbe und schüttelt stumm den Kopf.

»Ich bin doch nicht lebensmüde«, ächzt Paul und Bällebad-Lars drückt sich an allen vorbei, geht hinter einer Straßenlaterne in Deckung.

»Das Teil ist bestimmt giftig, so groß wie das ist«, keucht er.

Ich sehe meine Sekunde gekommen, mein Image wieder ins rechte Licht zu rücken.

»Hm, wenn ich das richtig sehe, ist das eine Schwarze Witwe. Ein Biss von ihr tötet einen Elefanten. Wenn ich nicht so ein Geringverdiener wäre, so ein schwuler Lappen, Opfer und Lauch, könnte ich darüber nachdenken, dieses ekelhafte Insekt zu entfernen. Ich meine, auch ich habe in meinem langen Boomer-Leben noch nie so ein Teil gesehen«, sage ich.

»Sie sind kein Opfer, Sie sind cool, wirklich«, beeilt sich Clarissa zu beteuern und stößt Paul einen Ellbogen in die Seite.

»Auch kein Lappen. Und ein Lauch schon gleich gar nicht. Würde ich zu Ihnen nie sagen«, grummelt er.

»Geringverdiener. War'n Scherz«, murmelt Jan.

»Sie sind ein Ehrenmann«, wimmert Miri. Sie starrt mich mit vor Schreck geweiteten Augen an, ihre Lippen beben.

Ich nicke zufrieden. »Ach nee, hab' mich geirrt. Ist gar keine Schwarze Witwe«, sage ich, entferne das Spinnlein und schleudere es in Richtung Gebüsch. Es ist zu seiner eigenen Sicherheit.

»Krass, der hat die mit der bloßen Hand weggemacht«, konstatiert Lars.

»Hätt' ich dem nicht zugetraut.« Paul legt Jan einen Arm um die Schulter und drückt ihn an sich. »Voll geil, der Stecher von deiner Alten.«

»Ich bin nicht der Stecher von Jans…«, versuche ich richtig zu stellen.

»Ich will nach Hause«, jammert Miri. »Bloß weg von den Spinnen.«

»Ich auch. Das war voll eklig«, stimmt Clarissa zu.

»Na, wie war es«, fragt Jans Mutter ihren Sprössling, als wir Zuhause ankommen. »Hat sich der Geringverdiener gut benommen?«

Ich sehe Jan an, doch er hält meinen Blick nicht stand.

»War okay«, brummt er und zieht grußlos von dannen.

»Wow, du musst mir unbedingt erzählen, wie du es geschafft hast, ihn dermaßen zu beeindrucken«, sagt seine Mutter zu mir.

»Das ist eigentlich ganz einfach. Du darfst alles sein. Nur kein Lauch«, sage ich und gehe.

Sichtbare Berufung

Hen Ihr g'schwend Zeit? I muas Euch ebbes verzähla.
Neulich war i zum Klassatreffa eig'lada. Des war wirklich obacha.
Lauter alte Leut und älle hen gsagt, sie sen mit mir uff d' Schul ganga. Irgendwann hod mi oiner gfrogt, was i so beruflich mach. Rat halt mol, hab' i gsagt. No hat der g'sagt: Du spielsch bestimmt Pauke in oim Orchester. Wie kommsch denn da druff, han i g'frogt. Haja, wega deim dünna Fell und deim Mordkessel, hot der g'sagt. Da hot's mir fei g'langt ond bin ganga, Ond beim nächschta Klassatreffa bin i nemme dabei.

Übersetzung für Nichtschwaben:
Haben Sie einen Moment für mich? Ich muss dringend etwas loswerden.
Neulich war ich zu einem Klassentreffen eingeladen. Die Situation hatte wahrlich etwas Befremdliches. Die Geladenen bestanden überwiegend aus betagten Menschen, die alle, und zwar ausnahmslos, behaupteten, sie seien mit mir in die Schule gegangen. Zu späterer Stunde hat mich ein etwas unangenehm wirkender Zeitgenosse beiläufig gefragt, welchem Beruf ich nachkäme. Allzu leicht wollte ich es ihm nicht machen, also forderte ich ihn auf zu raten. »Nun, so wie ich das sehe, bist du bestimmt der Paukist in einem großen Orchester.« Ich muss zugeben, diese Einschätzung schmeichelte mir, dennoch erkundigte ich mich, wie er denn darauf käme.
»Nun«, antwortete er, »es liegt an deinem dünnen Fell und deinem enormen Kessel, wenn ich deine Wampe so benennen darf.« Diese Wendung der Unterhaltung führte zu meiner Entscheidung, das Klassentreffen umgehend zu verlassen. Und die nächste Einladung zu einer Veranstaltung wie dieser landet ungeöffnet in der Papiertonne.

Liebe des Lebens

Hen Ihr g'schwend Zeit? I muas Euch ebbes verzähla.
Jeds Mol wenn i an `nem Reitstall vorbeikomm, da denk i an mei
große Liebe. Die hieß Roswitha. Der Name war bei ihr Programm.
Die war stark wie an Brauereigaul, und die hot au emmer so an Tri-
aler am Maul g'hätt. Ond an Arsch hot die g'hätt, sagenhaft, groß
und prall, mit dem konnt die Nüsse knacka. Kokosnüss verstoht
sich. Noi, an der war älles subbr. Goldene Locka unter de Achsla,
ihre Ohra hen so schee im Wind g'flattert. Ond a Nos hot die g'hätt.
Die konnt se wirklich überall neistecka. Sogar in den Duschabfluss.
Oimal durchgschnaubt und der Abfluss war wieder frei. Aber die
hot mi oifach et g'liebt, die Roswitha.

Übersetzung für Nichtschwaben:

Haben Sie einen Moment für mich? Ich muss dringend etwas
loswerden.
Jedes Mal, wenn ich an einem Gestüt vorbeikomme, denke ich an
meine große Liebe. Sie hieß Roswitha und wenn sie darin jetzt einen
mittelguten Wortwitz erkennen, dann muss ich Ihnen leider geste-
hen: Sie haben recht.
Wobei, der Name hätte für sie nicht besser gewählt werden können:
Sie war stark wie ein Brauereipferd, hatte auch immer eine Schleim-
schliere am Mund. Auch ihr Gesäß hatte formidable Ausmaße. Groß
und prall war es und so muskulös, dass sie damit Nüsse knacken
konnte. Selbst Kokosnüsse konnten ihrer Kraft keinen Widerstand
leisten.
An ihr war alles von einer Schönheit, die Worte nicht beschreiben
können. Sie hatte goldene Locken, vor allem unter den Achseln. Ihre

Ohren flatterten so anmutig im Wind und ihre Nase, um die sie jede griechische Göttin beneidet hätte, konnte sie überall hineinstecken. Selbst in den Abfluss der Dusche, wenn Sie mir diesen abstrusen Scherz erlauben. Einmal nur musste sie kräftig Luft einziehen, dann war der Abfluss wieder frei. Ganz ohne Einsatz von Chemie. Aber die hat zwischen uns leider nicht gestimmt.

Transparente Wahrhaftigkeit

Es gibt so Tage, da lässt sich die Muse nicht blicken. Da kannst du als kreativer Mensch betteln, flehen, damit drohen, tagelang auf dem Sofa liegen zu bleiben, nie wieder ein Blatt Papier zu füllen: Wenn dieses launische Wesen nicht will, dann will es nicht. Was bleibt dir in diesen Momenten anderes übrig, als auf der Couch liegen zu bleiben, trübsinnig an die Decke zu starren oder durch Fernsehkanäle zu zappen und bei dem unsäglichsten Mist hängen zu bleiben.

»Wir könnten uns doch mal wieder mit Freunden treffen«, schlägt meine Herzallerliebste vor, die meinen Zustand der Untätigkeit nur schwer erträgt.

»Hab' keine Freunde!«, murre ich.

»Stimmt. Vielleicht solltest du aufhören, alle Menschen in deinem Umfeld in deine Geschichten einzubauen und sie als Clowns zu brandmarken. Du könntest sie zumindest fragen, ob sie sich in deinen Büchern wiederfinden wollen.«

»Über was soll ich denn sonst schreiben? Ich erlebe ja nichts.«

»Wie wäre es, wenn du mal deine Fantasie bemühen würdest? Du könntest doch zumindest so tun, als hättest du ein interessantes Leben.«

Sie weiß genau, dass sie mit diesen, zu einer Emotionslanze gespitzten, Worten einen wunden Punkt in mir berührt. Der Vorwurf der mangelnden Fantasie ist der Tritt mit Demütigungsstiefeln ins Ehre-Gemächt des Künstlers. Ich höre die Muse kichern und weiß, dass ich reagieren muss. Also blättere ich den Veranstaltungskalender der Tageszeitung durch und stoße auf einen interessanten Eintrag. Der Kleinkunstverein Albershausen veranstaltet eine Ausstellung unter dem Titel »Transparente Wahrhaftigkeit« und verspricht, Exponate zu zeigen, die einige Persönlichkeiten aus der Geschichte und dem öffentlichen Leben in ein ganz neues Licht rücken.

»Das sehe ich mir an«, verkünde ich und drehe der Muse eine lange Nase. Meine Lebensgefährtin deutet dies als Einladung mitzukommen.

Eine Stunde später stehen wir im Foyer des Rathauses des Örtchens und betrachten die Gegenstände in den äußerst spärlich ausgestatteten Vitrinen. Die Begriffe Transparenz und Wahrhaftigkeit wollen sich mir nicht erschließen. Transparenz könnte auf die Durchsichtigkeit der Vitrinenverglasung bezogen sein, was wahrhaftig, sollte meine Annahme stimmen, ein Grund wäre, die Ausstellung sofort zu verlassen.

»Gleich fängt eine Führung an«, unterbricht meine Partnerin den Gedanken an eine rasche Flucht. Widerwillig lasse ich mich zu dem Grüppchen führen, das sich um eine junge Frau versammelt hat. Sie trägt eine Art Uniform, so wie sie Flugbegleiterinnen von Airlines tragen, die sich eigentlich keine Stewardessen leisten können. Die kurzen silbergrau gefärbten Haare sind nach hinten gegelt, was ihr in Verbindung mit der dunklen Hornbrille etwas Schulmeisterliches verleiht. Sie lächelt in die Runde, sieht auf ihre Armbanduhr und fängt an: »Ich begrüße Sie in unserer Ausstellung »Transparente

Wahrhaftigkeit«. Wir präsentieren Ihnen Dinge und Fakten, die Sie so wahrscheinlich noch nicht gesehen und gehört haben. Wir helfen Ihnen, neue Sichtweisen zu entwickeln. Personen der Geschichte und des öffentlichen Lebens werden in ein neues, selten wahrgenommenes Licht getaucht. Betreten Sie das Energiefeld, das sich zwischen den Polen Fiktion und Realität aufbaut und nehmen Sie die Spannung wahr.«

Meine Lebensgefährtin stößt mich mit dem Ellenbogen in die Seite.

»Das ist genau dein Ding.«

Ich erwidere nichts und folge der Truppe zur ersten Vitrine. Darin liegt ein Blatt Papier, das mit dem Zungenbrecher »Fischers Fritz fischt frische Fische« beschrieben ist.

»Hier haben wir eine Notiz einer Sprechübung von Marilyn Monroe. Wie Sie sicher wissen, hat sie gestottert und durch Sätze wie diesen hat sie sich das abtrainiert«, erklärt die Führerin.

»Sie hat einen deutschen Zungenbrecher aufgesagt, um sich das Stottern abzugewöhnen? Das ist doch absurd«, platzt es aus mir heraus.

Die Dame lächelt. »Das ist es keineswegs. Es ist verbürgt, dass niemand Marilyns Stottern bemerkt hat, wenn sie Deutsch gesprochen hat.«

Durch die Gruppe geht ein Raunen.

In der zweiten Vitrine liegen Eierschalen. Unspektakulär, möchte man meinen, doch die Erklärung macht aus vermeintlichem Biomüll ein geschichtsträchtiges Ausstellungsstück.

»Wussten Sie, dass Alfred Hitchcock Angst vor Eiern hatte? Hier sehen Sie die Schalen von sieben Hühnereiern, die er einst in seinem Kühlschrank vorgefunden hatte und in einem Panikanfall zerstörte.«

»Diese Angst erklärt wohl auch, wie er auf seinen Film »Die Vögel« gekommen ist. Die Dreharbeiten müssen ein Alptraum für ihn

25

gewesen sein«, flüstert mir meine Partnerin zu. Offensichtlich ist sie von der Spannung des Energiefelds zwischen netter Idee und hanebüchenem Unfug erfasst.

Dass John Lennon Briefmarkensammler war, wusste ich tatsächlich nicht. Dass er jedoch die ausgestellte 50 Pfennig-Marke wirklich einem Fan 1966 am Bahnhof in Schwetzingen übergeben und sie zuvor abgeleckt haben soll, bleibt eine hinterfragenswerte These. Ebenso, dass die abgebissenen Fingernägel in Vitrine vier von David Beckham stammen. Aber offensichtlich bin ich der einzige Besucher, der dies kritisch betrachtet.

»Wussten Sie, dass sich Elvis Presley stets die Haare schwarz gefärbt hat? Diese Pretiose erinnert an die Eitelkeit des King.«

»Moment mal! Wollen Sie wirklich behaupten, dass Elvis Presley sich mit Schuhcreme deutscher Herkunft die Haare gefärbt hat? Gab es in Amerika kein vergleichbares Produkt?«, insistiere ich.

»Das entzieht sich meiner Kenntnis. Wahr ist, dass er sich die Haare gefärbt hat. Ob mit einem deutschen oder amerikanischen Produkt, was spielt das für eine Rolle?«

»Genau!«, tönt es aus der Gruppe.

»Ist doch wurschd! Hauptsache Elvis.«

»Der King lebt!«

»Interessante Ausstellung.«

Ich beschließe, mich mit meinen Kommentaren zurückzuhalten.

Bei den Ringelsocken von Albert Einstein, der nachweislich kein großer Freund der textilen Fußbekleidung war, lasse ich mich dennoch zu einer Bemerkung hinreißen: »Die Socken hätte ich auch nicht getragen.«

»Wenigstens sind sie nicht so fadenscheinig wie deine«, kommt es von meiner Partnerin zurück.

Ich sehe es ein: Die Magie der Exposition hat alle erfasst, nur mich nicht. Ich höre meine Muse stöhnen.

Der Nachbau des Schmuckstücks, das Napoleon bei seiner Kaiserkrönung dem Papst entrissen haben soll, sieht aus wie eine mit Alufolie umwickelte und mit Strass-Steinen verzierte Papp-Krone eines Hamburger-Braters. Ich sage nichts.

Auch nicht zu dem dreizinkigen Kamm aus echtem Elfenbein von Donald Trump.

Kein Wort zu den goldenen Ess-Stäbchen von Dschingis Khan.

Die Gießkanne, mit der sich Beethoven allmorgendlich gewaschen hat. Geschenkt.

Das Stück Stoff aus den Mühlenflügeln gegen die Don Quixote gekämpft hat? Pffd.

Mit jedem Artefakt entfernte ich mich mehr aus dem Spannungsfeld der Gruppe, die aus dem Staunen nicht mehr herausfindet.

Die Begeisterung reißt auch bei dem Betreten des Raums der verschwundenen Dinge nicht ab. Mussolinis Klobürste ist genauso wenig zu sehen wie die Venus von Gschwend und auch Hermann Hesses Wanderstock mit Original-Stockeisen aus Wolfach und Haslach wurde offensichtlich von Besuchern der Ausstellung ausgeliehen und nie wieder zurückgebracht. Der Geist der Gegenstände und ihre abenteuerlichen Geschichten umwölkt die Gruppe, die glückselig die Räumlichkeiten verlässt.

Die Dame in Uniform verbeugt sich vor allen Gästen, nimmt dankend das spärliche Trinkgeld in Empfang.

Ich warte, bis alle Besucher verschwunden sind und stelle mich an ihre Seite, sodass meine Lebensgefährtin nicht hören kann, was ich mit der Dame zu besprechen habe.

Missmutig sieht mich meine Herzallerliebste an. Mit einem warnenden Blick, der besagt: »Mach mir diese Illusionen nicht kaputt.«

»Sagen Sie mal. Unter uns Gebetsschwestern: Wer hat diese Ausstellung hier zusammengestellt?«, wispere ich.

Die Führerin sieht mich über den Rand ihrer Brille, die wahrscheinlich aus dem Nachlass von Buddy Holly stammt, an und macht eine Geste, näher zu kommen. »Das war ein Schriftsteller aus der Region, der nicht genannt werden will. Er hat damit seine Schreibblockade bekämpft«, flüstert sie. »Und Sie werden es nicht glauben: Seitdem läuft es bei ihm wieder wie am Schnürchen. Er schreibt einen Bestseller nach dem anderen. Schade eigentlich. Seitdem hat er gar keine Zeit mehr für uns.«

»Ich glaube, ich kenne jemanden, der zu Ihrer Sammlung einiges beitragen könnte«, höre ich mich sagen. Und in dem Moment spüre ich, wie mir die Muse einen Kuss auf die Wange haucht.

Freunde in der Not: Björn

»Hast du schon gesehen, was auf unserem Garagentor steht?«

Die wunderbarste Lebensgefährtin, die man sich nur wünschen kann, köpft ihr Frühstücks-Ei und lässt die Frage so beiläufig klingen, als erkundige sie sich nach der Wetterlage. Doch ich kenne sie gut genug. Wenn sie die morgendliche Konversation mit einer solchen Frage einleitet, dann steckt mehr dahinter. Ein Vorwurf womöglich, oder die Aufforderung, etwas zu unternehmen.

Schlaftrunken schleiche ich zum Küchenfenster, blicke hinaus und bin hellwach. »BETRÜGER!!!« steht dort in Großbuchstaben geschrieben, in einer weißen Farbe, die sich dem Betrachter in die Netzhaut einbrennt.

»Björn, dieser Drecksack«, fluche ich und sehe meine Partnerin hilfesuchend an.

Sie zuckt mit den Schultern. »Ich habe dir gleich gesagt, dass es eine bescheuerte Idee war, ihm eine Lektion erteilen zu wollen.«

Sie stellt »die Lektion« in mit den Fingern angedeutete Ausrufungszeichen. »Leute wie Björn sind unbelehrbar. Das solltest du doch wissen. Ihr seid doch schon ewig befreundet.«

Eigentlich hätte sie das Wort »befreundet« auch in angedeutete Apostrophe setzen müssen, denn Björn gehört in die Kategorie von Menschen, der meine Gegenwart ausschließlich dann sucht, wenn er etwas dringend benötigt. Nur dann gibt es Treueschwüre und Lobesreden, wie wichtig und wertvoll unsere Beziehung sei. Unzählige Gegenstände habe ich ihm schon geliehen, er besitzt offensichtlich nichts, was einen modernen Haushalt ausmacht. Allein im letzten Jahr hat er meinen Entsafter, einen Ventilator, ein Schwingschleifgerät, einen Dampfstrahlreiniger sowie eine elektrische Heckenschere ausgeliehen. Das Problem dabei ist, dass Björn keinen einzigen Gegenstand jemals wieder zurückgebracht hat. Darauf angesprochen behauptete er bislang stets, niemals im Besitz des geliehenen Gegenstands gewesen zu sein, es müsse eine Verwechslung vorliegen. Natürlich wähnte ich mich im Recht, als ich mir – zugegeben nicht gerade auf legale Weise – Zutritt zu seinem Keller verschaffte und meine Gegenstände suchte. Gefunden habe ich nichts.

»Wahrscheinlich verscheuert er das Zeug im Internet«, mutmaßte meine Lebensgefährtin damals emotionslos, während sie die Tastatur ihres Laptops malträtierte. Ein wenig mehr Empathie hätte ich mir von ihr schon gewünscht, aber klar: es handelte sich ja nicht um ihr Eigentum, da war sie fein raus und konnte sich in Gleichgültigkeit kleiden.

»So abgebrüht ist Björn nicht«, entgegnete ich.

»Hast du dich nicht gefragt, wozu er die Heckenschere ausgeliehen hat? Er hat weder Garten noch einen Balkon. Was also beschneidet er in seiner Zweizimmerwohnung? Seinen Gummibaum?«, trat meine Lebensgefährtin nach.

»Vielleicht hilft er jemandem in der Nachbarschaft. Es gibt bestimmt eine logische Erklärung.«.

»Ja, die gibt es«, erwiderte sie und drehte mir den Bildschirm des Laptops hin. Er zeigte das Bild einer Heckenschere, die meiner zum Verwechseln ähnlich sah und die auf einer Internet-Plattform zum Verkauf angeboten wurde. Aus erster Hand, neuwertig, kaum Gebrauchsspuren. Der Verkäufer hatte das Synonym »BJ Schnäppers Paradise« gewählt und als Standort der Ware den Namen meiner kleinen Stadt angegeben.

»Das kann Zufall sein«, versuchte ich mich an einer Erklärung. Sie klang schwach, um nicht zu sagen erbärmlich.

»Ich würde sagen, BJ Schnäpper verarscht dich und freut sich, dass er einen Doofen gefunden hat, der sein Paradies immer wieder mit neuen Dingen befüllt.«

Die Wahrheit schmeckt zuweilen scheußlich und in diesem Moment brachte sie all ihre Bitterstoffe zusammen. »Der wird mich kennenlernen«, fauchte ich. »So schlau wie er bin ich allemal.«

Die Gelegenheit, Björn eine Lektion zu erteilen, ließ nicht lange auf sich warten. Er benötigte dringend eine Schlagbohrmaschine, ließ er mich am Telefon wissen. Seines Wissens hätte ich doch erst unlängst ein solches Gerät gekauft.

»Na klar, kannst du die ausleihen«, säuselte ich. »Unter Freunden hilft man sich doch.«

Bereits eine halbe Stunde später, stand Björn vor mir und nahm das Objekt seiner Begierde in Empfang. Er betrachtete das Werkzeug von allen Seiten, nickte anerkennend, lobte meine Verlässlich- und Großzügigkeit, schwor ewige Treue und zog ab.

Nach zwei Wochen klingelte es an der Tür und ein mächtig erboster Björn forderte Einlass. Er drängte sich an mir vorbei, stürmte in die Küche, baute sich grußlos vor meiner Partnerin auf und knallte dort die Schlagbohrmaschine auf den Tisch.

»Die ist kaputt«, brüllte er in meine Richtung. Was mir denn einfiele, ihm ein beschädigtes Werkzeug zur Verfügung zu stellen, ob ich gar keine Ehre im Leib verspüren würde.

»Ich weiß nicht, was du meinst«, gab ich den Ahnungslosen und glotzte das Werkzeug an, als sei es ein zur Erde gestürzter Meteorit. Björn schnaubte, verengte die Augen zu Schlitzen. »Du hast mich in eine ziemlich schwierige Situation gebracht«, knurrte er. »Mein Kunde… also ein Bekannter… fordert schnellstens Schadenersatz. Sonst zeigt er mich an.«

»Und was habe ich damit zu tun?«

»Das ist ja wohl sonnenklar«, raunte Björn. »Du und deine blöde Schlagbohrmaschine sind schuld, dass ich in der Scheiße stecke. Also musst du für den Schadensersatz aufkommen.«

Ich war sprachlos. Dieser sich selbst zum Freund Erkorene verkaufte mein Eigentum im Internet und erdreistete sich, mich für einen geplatzten Handel verantwortlich zu machen? Ich schüttelte den Kopf ob dieser Unverschämtheit.

»Komm, gib mir 200 Euro und wir vergessen das Ganze«, sagte er und streckte mir versöhnlich die Hand hin.

»200 Euro? Wozu?«

»Ich kaufe eine neue Schlagbohrmaschine und rede mit meinem Kund…, meinem Bekannten. Ich denke, so lässt sich die Sache auf eine ganz unbürokratische Weise lösen.«

Björn lächelte.

»Du musst da etwas verwechseln. Das ist nicht meine Schlagbohrmaschine. Ich meine, ich habe eine, aber die funktioniert. Dieses

Teil…«, ich nickte in Richtung Küchentisch, »…habe ich noch nie gesehen.«

In Björns Kopf arbeitete es. Er wies mit dem Zeigefinger auf mich, seine Mundwinkel zuckten, aber mehr als ein gestammeltes »Du…, du…«, brachte er nicht heraus. Ohne Gruß rauschte er zur Tür hinaus.

»Vergiss deinen Schrott hier nicht«, rief ich ihm hinterher und feixte.

»Das war ganz billiges Schmierentheater«, sagte meine Lebensgefährtin. »So wenig Niveau hätte ich dir gar nicht zugetraut.«

Seitdem haben wir von Björn nichts mehr gehört, auch BJs Schnäpper Paradise ist von der Plattform verschwunden. Schade eigentlich, ich hätte ihm gern noch die defekte Dunstabzugshaube im Keller untergejubelt.

»Ich glaube, irgendjemand sollte die Schmiererei am Garagentor wegmachen«, holt mich meine Partnerin in die Gegenwart zurück. »Die Nachbarn reden schon.«

Der Blick aus dem Küchenfenster bestätigt, dass sich bereits einige Schaulustige vor unserem Grundstück versammelt haben, um über das ungewollte Graffito zu sprechen. Als ich mit einem Eimer Wasser und einer Bürste aus dem Haus trete, höre ich den alten Peters von nebenan sagen: »Sag i scho lang. Mit dem isch net gut Kirscha essa. Dem hab i mol a Schlagbohrmaschin g'lieha und nie wieder z'rückkriegt.«

Er hat recht. Das defekte Werkzeug stammte aus Peters Beständen. Der wahre Täter ist gefunden. Ich glaube, ich werde Björn einen Tipp geben müssen. Um unserer Freundschaft willen.

Ich krieg die Krise - die Pandemie ond I
Eine Art Tagebuch

Sonntag, 22. März 2020

Shutdown!
Lockdown!!
Breakdown!!!
Ein kleines, fieses, bislang noch nicht da gewesenes Virus, das sich schneller verbreitet als ein Gerücht in der medialen Saure-Gurken-Zeit, erweitert den Sprachschatz um Begriffe, deren Bedeutung niemand zuvor einschätzen konnte. Zum Schutz der Bevölkerung werden alle Veranstaltungen abgesagt, alle nicht system- und lebensrelevanten Läden geschlossen. Die gesamte Wirtschaft droht zusammenzubrechen, sogar den mächtigsten Dampfern der Wirtschaftsmeere droht die Havarie. Entschleunigung per Gesetz, Stillstand auf Krankenschein.
Covid-19 spaltet die Zeitrechnung in ein Davor und ein Danach, raubt der Welt den Atem, schürt Verunsicherung, Zweifel und auch Angst. Zudem schafft Corona etwas, was Wirtschaftskrisen, Flüchtlingsströme und Umweltkatastrophen nicht bewirken konnten: Die Regierung handelt, indem sie eine neue Wirklichkeit ausruft. Schnell, kompromisslos, wohl wissend um die Risiken und Nebenwirkungen, vielleicht nicht verhältnismäßig, aber welches Verhältnis soll sie auch zu Rate ziehen, wenn es zuvor noch kein Verhältnis gab? Von heute auf morgen geht nichts mehr, rien ne va plus, vergessen Sie Ihre Einsätze, dies ist kein Spiel, es gibt nur Verlierer.

Dienstag, 24. März 2020

An Tagen wie Corona ist nichts mehr, wie es war. Die Sorge wächst. Was ist, wenn ich mich infiziere, womöglich hat es mein Nachbar schon, der hustet wie verrückt und die Postbotin war auch bleicher als sonst. Der Busfahrer, bis vor kurzem noch ein ungalanter, stetig nörgelnder Misanthrop, legte an diesem Morgen eine unnatürliche Lethargie an den Tag, öffnete einer Heraneilenden sogar freiwillig die Tür. Das ist doch nicht normal.

Die Zahlen steigen und mit ihnen die Fragen. Nur, wer hat die Antworten? Die Ärzte schotten ihre Praxen ab, das Krankenhaus-Personal verteidigt die wenigen Notfallbetten mit Bettpfannen und Infusionsspritzen, die vereinzelten Teststationen nehmen nur Patienten auf, die ein ordentliches Polizeiführungszeugnis, eine einwandfreie Schufa-Auskunft vorweisen und ihr Testament zugunsten des Teststellen-Betreibers abgeändert haben. Die Bürger sind ratlos, also rufen sie beim Gesundheitsamt an.

Dort rüstet man sich gegen den Fragesturm, indem eine Corona-Hotline eingerichtet wird. Hierzu werden Leute gesucht. Da ich über ein ausgeprägtes Kummerkasten-Gen verfüge, bewerbe ich mich dort und werde angenommen.

Es ist nämlich so, dass mir Menschen gern ihr Herz ausschütten. Ich forciere das keineswegs, aber offensichtlich strahle ich etwas aus, was die Menschen zum Reden bringt. Das war nicht immer von Vorteil. In der Balz zum Beispiel erwies sich das Kummerkasten-Gen oft als Hoffnungstöter. Während ich auf den entscheidenden Moment wartete, der Liebsten den Arm um die Schulter zu legen, um sie an mich ziehen zu können und ihr Liebkosungen ins Ohr zu flüstern, erzählten mir die Damen von ihren Verflossenen und in den Worten schwang die Sehnsucht mit, ihn neben sich sitzen zu haben und eben nicht den guten Freund, der so gut zuhören kann. Ich habe mich damit abgefunden, der Tröster zu sein, der zwar ebenso einen Platz im Herzen hat, aber halt nur auf der Ersatzbank. Als eine Art Sanitäter, der das gebrochene Herz schient.

In dieser Zeit habe ich das aktive Zuhören gelernt. Dabei gilt es, immer mal wieder ein »Hm«, ein »Ach je« oder »Geh mir fort« einzufügen, damit die Sprecherin/der Sprecher das Gefühl behält, verstanden zu werden. Das ist auch bei den Nutzern der Hotline so. Viele Anrufer brauchen keinen Rat, sie wollen ihren Frust loswerden. Über die Untätigkeit des Bürgermeisters, der es nicht verhindert, dass sich die Leute an der Supermarktkasse zu dicht auf die Pelle rücken. Über das Ordnungsamt, das nichts gegen die Klopapier-Hamsterer unternimmt. Über die Polizei, die den Rückkehrer aus einem Krisengebiet, der auf heimischem Balkon sitzt und raucht, nicht sofort mittels Wasserwerfer zum Aufhören zwingt.

Manche wollen auch nur eine kurze Beleidigung loswerden, da geht es einem doch gleich viel besser, wenn der Dampf aus dem Kessel ist. Ich habe es mir abgewöhnt, in diesen Fällen etwas erwidern zu wollen. Denn jedes Wort trägt zur Eskalation bei und sei es noch so gut gemeint. Jedes »Verlieren Sie die Hoffnung nicht!«, »Jetzt übertreiben Sie aber!« oder »Wann haben Sie zuletzt Ihre Tabletten genommen?« wird mit Begriffen wie »Realitätsausblender« oder »Schlafschaf« geahndet. Also bleibe ich bei meinen Kommentaren wie »Ach komm«, »Isch net wahr« und »So ischs no au wieder« und blättere in der Goldenen Post, dem Fachblatt für Katastrophenmeldungen.

Am liebsten habe ich die Beratungsresistenten, die Verschwörungsschwurbler, die Hiltmann-Jebsen-Naidoo-Jünger, Berufsneinsager, die steif und fest behaupten, Corona gäbe es nicht. Die Bilder der

Toten aus Spanien und Italien seien inszenierte Ammenmärchen, mediale Panikmacherei, von Fake-News-Erzeugern in die Welt geblasen. Und da können sie noch so husten und prusten, niesen und schniefen, mit Infizierten unter einem Dach leben, nein, die Beratungsresistenten bekommen kein Corona. Deshalb gehen sie auch brav zur Arbeit und stecken andere an, bringen Risikopatienten in Lebensgefahr, aber die wären ja sowieso bald gestorben. Ob mit oder an Corona, was macht das für einen Unterschied?

Dieses Verhalten erinnert mich an meinen alten Schulfreund Eberhard. Er war unsterblich in Corinna verliebt, die beiden haben sogar auf einer Schulfete mal miteinander getanzt. Insider behaupten, gesehen zu haben, dass Corinna beim Stehblues ihre Wange gegen seine Brust gedrückt habe. Nein, sagen sie, Eberhard habe dabei nicht nachgeholfen, seine Hand lag nur zufällig auf ihrem Hinterkopf.

Er hat ihr seine Liebe gestanden, sie hat gesagt, dass sie nichts von ihm wissen will und eigentlich hätte das Kapitel »Eberhard liebt Corinna« damit beendet werden können. Doch Eberhard ist halt Eberhard, ein eingeschworener Verfechter der Neu-Interpretation von glasklaren Aussagen. Bei ihm heißt »Nein« keinesfalls »Nein«, sondern »Vielleicht« mit Tendenz zu »Ja«, was eigentlich als »Ja!« gilt. Gemäß Eberhards Definition ist »Ja!« das neue »Nein!« und so schwärmt er noch heute für Corinna, obwohl sie längst nach Gütersloh gezogen ist, wo sie mit ihrem Mann und zwei Kindern in einem Einfamilienhaus lebt. Allein die Tatsache, dass sie nach Gütersloh gezogen ist und nicht nach Timbuktu, hält Eberhard für ein Zeichen, dass er weiter hoffen darf. Was will man darauf erwidern außer »Hm«, »So so« oder »Alla, trinka ma noch einen!«.

Einen zu mir nehmen würde ich auch gern bei dem Gespräch mit dem Herrn, der es nicht einsehen mag, dass seine Cocktail-Bar nicht als Lebensmitteleinzelhandel im weitesten Sinne eingestuft werden kann. Alkohol sei ja wohl ein Lebensmittel, genau wie Brot und Kuchen, den der Bäcker gegenüber verkauft. Außerdem sei in dessen Schwarzwälder Kirschtorte auch Kirschwasser, das habe er selbst herausgeschmeckt. Und ob mir der Begriff Eierlikörtorte etwas sagen würde. Ob es nicht auf der Hand läge, dass darin Alkohol verarbeitet worden sei. Nicht unbedingt, sage ich, denn im Marmorkuchen würde ja auch kein Marmor verarbeitet und im Jägerschnitzel hoffentlich auch kein Waidsmann. Er nennt mich einen bornierten Korinthenkacker und legt auf. Nein, es ist nicht leicht, ein Kummerkasten zu sein. Da brauchst du echt das Gen dazu.

Dienstag, 24. März 2020

Unter allen Deutschen wurde eine Umfrage gestartet und ich wundere mich, warum ich von solchen Befragungen immer ausgenommen werde. Ja, da lachen sich die Statistiker jetzt ins Fäustchen, weil sie ja nur eine repräsentative Umfrage unter allen Deutschen gestartet, also Leute ausgesucht haben, die einen Querschnitt der Gesamtbevölkerung abbilden. Dennoch würde mich interessieren, von wem ich repräsentiert werde, beziehungsweise würde ich diese Person gern selbst benennen, nicht dass Daniela Katzenberger, Harald Glööckler oder gar der Wendler für mich befragt werden. Nein, von denen und vielen anderen – eine entsprechende Liste halte ich für den Bedarfsfall bereit – will ich nicht repräsentiert werden.
Zurück zur Umfrage: In dieser stellten die Interviewer die simple Frage: »Haben Sie schon eine Atemschutzmaske gekauft?«

Zehn Prozent beantworteten diese Frage mit »Ja, habe ich«. 15 Prozent sagten »Nein, werde ich aber noch tun«. 67 Prozent behaupteten »Nein, mach ich auch nicht« und ganze acht Prozent gaben zu Protokoll »Weiß nicht«.

Wie kann eine Frage, die nur ein »Ja« oder »Nein« zulässt, mit »Weiß nicht« beantwortet werden? Diese Menschen müssen doch wissen, ob sie eine Atemschutzmaske gekauft haben oder nicht. Oder haben sie einen anderen Gegenstand erworben, den sie für eine Atemschutzmaske hielten, zum Beispiel ein Nudelsieb und sind sich ob der korrekten Anwendung nicht mehr sicher? Stand in der Gebrauchsanweisung des Nudelsiebs nicht, dass es sich um ein Nudelsieb und nicht um eine Atemschutzmaske handelt? Endete der erste Einsatz des Gegenstands womöglich auf der Intensivstation?

Vor diesen »Weiß nicht«-Sagern habe ich Angst. Denn: Auch diese Leute dürfen wählen. Nun gibt es aber auf dem Stimmzettel keine Option, die »Weiß nicht« lautet. Was kreuzen diese Menschen also an? Womöglich AfD, weil sie denken, dass die Abkürzung für »Alle feiern draußen« steht. Nein, Weiß Nicht-Bekenner sind mit Vorsicht zu genießen.

Corona-Dialog

In einer TV-Sendung kommen Ladenbesitzer zu Wort, die unter dem Lockdown zu leiden haben. Einsicht trifft auf Unverständnis, Hoffnung auf Untergangsszenario. Zu Wort kommt auch ein Tabakhändler, der voll und ganz hinter der Verordnung steht. Auf die Frage, ob er nicht unglücklich sei, dass er schließen musste, antwortet er: »Es ist doch klar, dass ich geschlossen habe. Ich muss doch die Gesundheit meiner Kunden schützen.«

Das ist niedlich. Ich würde ihn am liebsten unter dem Kinn kraulen und ihm zuflüstern: »Na, dann lass doch den Laden zu«.

Donnerstag, 26. März 2020

Es ist eindeutig: Das Virus befällt das Gehirn. Selbst die ausgebufftesten Krisenmanager fällen Entscheidungen, die auch von Grundschülern belächelt würden, so sie denn komisch wären. Allen voran die Verantwortlichen der öffentlichen Verkehrsunternehmen. Natürlich sinkt das Fahrgastaufkommen pro Tag, Home-Office und Social Distancing machen dies möglich, aber das gilt nicht für die Hauptverkehrszeiten. Und da alle Nutzer dieser rollenden Virenverteilkabinen angehalten sind, einen Mindestabstand von 1,5 Metern zu anderen einzuhalten, ist das Verständnis für die Entscheidung der Strategieprimaten, die Anzahl der Züge zu halbieren, gering bis gar nicht vorhanden. Der Entrüstungssturm ist so gewaltig, dass die Entscheidungsträger im Elfenbeinturm geweckt werden. Es dauert nur wenige Stunden, bis wieder mehr Züge eingesetzt werden.

Ja, der Ton wird rauer, die verordnete Einsamkeit schlägt auf das Gemüt. Und nicht jeder hat Frau und Kinder zu Hause, die er jetzt den lieben langen Tag lang vermöbeln kann. Das ist leider kein schwärzesthumoriger Witz, eher eine niederschlagende Erkenntnis: Die häusliche Gewalt erlebt in diesen Tagen einen sprunghaften Anstieg. Sprüche wie »Mit einem blauen Auge davongekommen«, »Hals- und Beinbruch« und „Immer mit dem Kopf durch die Wand" werden für viele zu bitterer Realität. Die Menschen sind das Modell »Familie« nicht mehr gewöhnt. Da sind Leute aus Fleisch und Blut, die einem nicht entenschmollmundmäßig begegnen und freizügig die Brüste präsentieren. Die wollen nicht nur Kleider und Schuhe vorführen oder Make-up-Tipps geben. Nein, die wollen essen, trinken, unterhalten werden, womöglich wollen sie sogar reden, haben im Diskurs womöglich die besseren Argumente. Da kann einem doch schon mal die Hand ausrutschen. Da hat doch jeder Sozialarbeiter bestimmt Verständnis.

Wohl dem, der Single ist, möchte man meinen, doch weit gefehlt: Wo soll denn diese nicht auslebbare Wut hin? Wenn man noch nicht einmal dem Nachbarn nah genug kommen darf, um ihm eine auf das vorlaute Maul zu geben. Gut, es gibt die sozialen Medien, die sind papierlos, da muss man kein Blatt vor den Mund nehmen. Eine Meinung kann man ja auch haben, wenn man keine Ahnung hat. Das ist in manchen Fällen auch besser so. Am Ende käme man in einen Argumentationswettstreit mit Besserwissern und das befeuert ja eher noch den Zorn. Nein, eine Meinung muss möglichst ungefiltert hinausposaunt werden, gerne gewürzt von deftigem Vokabular. Sie muss keinen orthografischen Regeln folgen, Interpunktion wird eh überschätzt und zur Not überlässt man es dem Diktierprogramm. Der Computer wird schon wissen, was er schreibt. Wenn dies gar nicht hilft, wirft man den Computer aus dem Fenster und das Meerschweinchen gleich hinterher, den Krach dieses Nagetiers hält ja kein Schwein auf Dauer aus. Wenn dann der erste Zorn verraucht ist und die Reue einsetzt, kann man ja vom Handy aus ein paar niedliche Fotos von Purzel hochladen. Schon erntet man Herzen, küssende Smileys und ganz viele nach oben zeigende Daumen. Die Welt ist wieder in Ordnung und für so viel Liebe hat sich das bisschen Wut doch gelohnt.

Montag, 30.März 2020

An Tagen wie Corona werden viele Helden geboren. Den Menschen, die im Gesundheitswesen über alle Maßen gefordert sind, darf dieser Status ausnahmslos zugestanden werden. Überdenkenswert ist die Auszeichnung jedoch für Berufsgruppen, deren Tätigkeit nur schwer als furchtlos, aufopfernd oder lebenserhaltend einzustufen ist. Ich meine, wieviel Mut braucht eine Regalauffüllkraft im Supermarkt, um die zur Neige gehenden Butterkekse wieder aufzufüllen? Welche Entbehrungen nimmt die Fachkraft in einer chemischen Reinigung in Kauf, wenn sie eine Hose glättet? Und wie tragen diese Achtung-Kunde-Wegducker im Baumarkt zur Gesundung der Menschheit bei?

Corona macht darin keine Unterschiede. In der Zeit, in der alle in häuslicher Isolation leben, gilt der Arbeitende als Held. In den meisten Fällen mag diese Auszeichnung helfen, über die magere Entlohnung hinwegzusehen. Superman oder Captain America werden ja schließlich auch nicht bezahlt, wenn sie wieder mal die Welt retten. Und Batman hat sich eh aus der Riege der Anbetungswürdigen verabschiedet, seit bekannt ist, dass Covid-19 von Fledermäusen übertragen wurde.

Wahre Superhelden leben, wie die Künstler auch, vom Applaus. Und den spenden die häuslich Isolierten doch zuhauf. Jeden Abend stehen sie an den Fenstern und auf den Balkonen und klatschen, bis die vom vielen Händewaschen dünn gewordene Haut reißt. Es ist noch nicht lange her, da hätte man solche Menschen in die Psychiatrie eingewiesen.

Mittwoch, 1. April 2020

In Thailand sind Aprilscherze unter Bezugnahme auf Corona verboten, bei Zuwiderhandlung drohen drei Jahre Haft. Ich finde, dieses Strafmaß sollte weltweit auf Aprilscherze jedweder Art ausgeweitet werden. In einer Gesellschaft, die sich für ultramodern, zukunftsorientiert und hoch intellektuell einstuft, dürfte ein Ritual, das erstmals 1618 erwähnt wurde und sich in der zweiten Hälfte des 19. Jahrhunderts etablierte, eigentlich keinen Platz mehr finden. Und ganz ehrlich: Um sich als der Gelackmeierte zu fühlen, brauchen wir doch kein spezielles Datum. Täglich erreichen uns neue Meldungen, die so abstrus sind, dass sie selbst von den gutgläubigsten in den April Geschickten angezweifelt würden. Zum Beispiel, dass große Firmen wie H&M, Deichmann und Adidas die Mietzahlungen für ihre Filialen einstellen wollen, da sie derzeit geschlossen bleiben müssen. Na, da zieht euch mal warm an, Ihr Sparfüchse bei H&M. Mal sehen, ob nach der Krise noch irgendjemand vorbeikommt, um eure qualitätsverschonten, von kleinen Kinderhänden gefertigten Konfektionen von den Ständern zu reißen. Auch für Deichmann dürfte es heißen: Dumm gelaufen, dass diese Info an die Öffentlichkeit ging und zu Adidas sei gesagt: Euch konnte ich noch nie leiden. Ihr habt zwar Längsstreifen auf den Schuhen, aber die machen noch lange keinen schlanken Fuß.

Sonntag, 5. April 2020

Den Künstlern in häuslicher Isolation ist langweilig. Noch schlimmer als die Öde ohne Freude scheint jedoch die fehlende Aufmerksamkeit des Publikums zu sein. Und so stellen alle, die davon überzeugt sind, dass die Welt ohne ihren Beitrag zur Kultur eine ärmere ist, kurze Filme auf Online-Portalen zur Verfügung, um das Publikum zu unterhalten. Das ist sehr ehrbar im Ansinnen, in der Durchführung erinnern diese Beiträge allerdings sehr an die Anfänge von den privaten Fernsehanstalten, um nicht zu sagen an Folgen von Telekolleg Mathematik oder Raumpatrouille Orion. Karge Kulisse, oft dem Musterhausküchen-Fachgeschäft-Katalog nachempfunden, Bild und Ton in Wochenschau-Qualität und dramaturgisch an heimische Dia-Abende erinnernd. Wie langweilig muss es jemandem sein, damit er sich das anschaut?

Sehr schlimm, und das sage ich jetzt wirklich nicht gern, sind Lesungen. Nun könnte die ein oder der andere auf die Idee kommen zu behaupten, Lesung sei Lesung, ob digital oder real, was macht den Unterschied? Diesen Menschen sei erwidert, dass es eben Formate gibt, die virtuell nicht an den Reiz der Realität heranreichen. Zum Beispiel die Sportart Curling. Die Ausübung macht Spaß, im Fernsehen anderen dabei zuzusehen, hat ungefähr den Unterhaltungswerts eines Testbilds.

Verstehen Sie mich nicht falsch: Ich gehe gern zu Lesungen. Ich verlasse die eigenen vier Wände, treffe Leute, habe die Möglichkeit, den Autor persönlich kennenzulernen, ihm eine Frage zu stellen, eventuell ein Buch von ihm zu erwerben oder ihm eine Kopfnuss zu geben, wenn ich seine Meinung nicht teile. Bei einer Live-Lesung entsteht etwas, das gemeinhin Austausch genannt wird. Bei einer digitalen Lesung entsteht etwas, was man im ganz Speziellen als bleierne Müdigkeit bezeichnen kann.

Ein bisschen anders ist es bei digitalen Lesungen von Lyrikern. Von ihnen werden die Worte mit einer gewissen Melodik und Rhythmik gesetzt, was bestenfalls im Vortrag deutlich wird. Einfach strukturiert, wie ich es nun einmal bin, folge ich meist nur dem

Klang und nicht dem Inhalt der Worte, sodass ich mir vorkomme wie ein von seiner Reisegruppe getrennter Tourist, der allein durch den Metapher-Irrgarten taumelt. Ich suche Halt und sei es nur am Flügelschlag einer einsamen durch den Raum kreisenden Fliege. Ich frage mich, wo die Manschettenknöpfe, die mir Onkel Hans-Jürgen zur Kommunion geschenkt hat, abgeblieben sind, fahnde nach ihnen, finde sie in der Socken-Schublade, will sie anlegen und stelle fest, dass ich kein Hemd trage. Ich lege die Manschettenknöpfe zurück und entdecke einen Ansteckbutton der englischen Punkband The Clash und sofort entsteht der unaufschiebbare Drang, eine Platte von ihnen zu hören. Trotz der geistigen Erfrischung, die lyrische Worte bieten, dürstet mich. Und da kann der Poet noch so überschäumende Wortkaskaden bemühen, mich zieht es zum Kühlschrank, in dem ich schäumenden Gerstensaft vermute. Das war es dann mal wieder mit Lyrik, ich bin als Zuhörer eine Zumutung. Dafür möchte ich mich bei allen Lyrikern entschuldigen.

Dienstag, 7. April 2020

Wie schön, dass der Tageszeitungsleser auch in Zeiten von Corona an Sternstunden des deutschen Journalismus teilhaben darf. So erfreute mich heute morgen die an Empathie kaum zu übertreffende Schlagzeile »Tauben leiden unter der Kontaktsperre«. Gemeint waren nicht die Gehörlosen. Sie bleiben natürlich nicht verschont von den Beschränkungen, das Virus arbeitet da ganz inklusiv. Es geht in dem Artikel um diese tumben Flattermänner, deren einziger Lebenszweck zu sein scheint, Menschen, die an der frischen Luft eine Speise zu sich nehmen, durch aufmerksamkeitsheischendes Herumgegockele auf die Nüsse zu gehen und als Dank für die zugeworfenen Brocken die Innenstädte zuzuscheißen. Nun haben aber

»Mein-Herz-schlägt-auch-für-Tauben-Fanatiker« entdeckt, dass die unterbelichteten Vögel, die es nicht mehr gewohnt sind, in der Natur ihr Futter zu suchen, verhungern, weil niemand unterwegs ist und schon gar nicht isst. Die Tierschützer drücken öffentlich auf die Tränendrüsen, damit die Mitleidszähren in Js-11-Körnerspenden umgewandelt werden. Und schon greift der Mensch wieder ein in die Tauben-Natur, genauso wie er es schon immer tut. Normalerweise wird die Population in den Städten dezimiert, indem das Gelege durch Plastikeier ausgetauscht wird. Auch nicht gerade die feine Art, wenn auch zielführend. Nun wird die Übertaubung durch den Lauf des Lebens geregelt und es ist auch wieder nicht recht. Verstehe einer die Menschen, insbesondere die Taubenfreunde.

Samstag, 11. April

An Tagen wie Corona kommen die Menschen auf die seltsamsten Einfälle, um der Langeweile zu entkommen. Die effektivste Art, Zeit nachhaltig tot zu schlagen, ist das Schlangestehen. Und das Schöne daran ist, dass dieses neue Hobby fast überall ausgeübt werden kann. An der Supermarktkasse, vor dem Bäcker, dem Metzger, an der Tankstelle. Die effektivsten Zeitvernichter sind diejenigen, die den Shutdown dazu nutzen, Renovierungsarbeiten, respektive Entrümpelungen, vorzunehmen. Die Kolonne vor den Wertstoffhöfen ist meist kilometerlang und wird nur noch von denen vor den Baumärkten übertroffen.
Aber offenbar genügt die Verschönerung des Anwesens nicht und so entdeckt ein mancher die Nostalgie, die Rückschau in eine Zeit, als Klopapier, Backhefe und Mehl günstig zu erwerbende Produkte waren, an denen es nie mangelte. Fotografische Erinnerungen an die eigene Person werden hervorgekramt und via sozialer Medien der

Lächerlichkeit preisgegeben. Die Kommentare der virtuellen Freunde helfen dabei, den Bezug zur Gegenwart herzustellen. So ist das nun mal: Mit Freunden teilt man ein Stück Vergangenheit, warum sollte dies bei virtuellen anders sein?

Ganz schlimm wird es jedoch, wenn der gelangweilte Künstler auf die Idee kommt, die Berge seiner ungeordneten Notate durchzusehen.

Eines davon fiel mir besonders auf, da es sich mit einem Phänomen befasst, das eigentlich gar keines ist, sondern irgendwie zu einer gesunden Gesellschaft gehört, ohne systemrelevant zu sein: Es geht um Straßenmusik.

Straßenmusik ist Ton gewordene Pflastermalerei, einzig und allein dazu ersonnen, dem Straßenbild eine Tonspur zu verleihen. Oft bleibt sie unbeachtet, ist sie doch das mit Cent-Stücken beworfene Symbol für den Ausverkauf der Kunst. Straßenmusiker sind die modernen Lagerfeuerbeschaller, so ganz ohne Lagerfeuer und Stockbrot bratende Pubertierende, die bei »Blowing in the wind« an Fellatio denken und sich später im Einmann-Zelt einen von der Palme wedeln. Am schlimmsten sind die Folkloristen, die ihre eigene Tradition mit Federschmuck, Poncho und Pelzstiefeln in die Bedeutungslosigkeit trampeln und ihr mit Panflötengeleit die Würde aus dem angestaubten Kostüm pusten.

Lediglich die osteuropäischen Profimusiker, die ihre Kunst zum Nulltarif darbieten, ringen mir Mitleid ab. Offensichtlich bringen sie es nicht übers Herz, eine Kleinkriminellen-Karriere anzustreben, hartnäckig glauben sie daran, dass sich ehrliche Arbeit lohnt. Doch wie oft, so frage ich mich, muss ich am Abend drei Euro fünfundzwanzig und einen Einkaufswagenchip aus meinem Instrumentenkoffer puhlen, bis ich begreife, dass Straßenmusik vertane Liebesmüh, zur Schau gestellte Traumtänzerei ist? Vor allem in schwäbischen

Fußgängerzonen, in denen jegliche kulturelle Ablenkung maximal mit einem milden Lächeln quittiert wird. Das Kleingeld wird für die Parkuhr dringender benötigt. Vielleicht sollte irgendjemand mit diesen Menschen ein ernstes Wort reden.

Samstag, 18. April 2020

Jetzt machen wir uns mal locker. Am Montag werden erste Maßnahmen zur Lockerung des Shutdowns greifen. Die Schüler, die vor Prüfungen stehen, dürfen wieder zur Schule gehen, kleinere Läden mit einer Gesamtfläche von unter 800 Quadratmetern, Buchhandlungen und Autohäuser können ihren Betrieb wieder aufnehmen. Und da zu erwarten ist, dass die Zwangsisolierten ihren angestauten Erlebnisdurst sofort stillen müssen, muss auch mit überfüllten Bussen und Bahnen gerechnet werden. Der Mundschutz ist demnach in, nein, vor aller Munde.

Und als hätten sie nur darauf gewartet, beginnen alle, die eine Nähnadel richtig herum halten – das Öhr, also das Runde gehört nach oben, in diesem Punkt dürfen Sie mir als Sohn eines Schneiders gerne glauben – mit der Produktion von individuellen Vermummungs-Accessoires. Anleitungen hierfür findet man im Internet zuhauf, an überflüssigen Geschirrhandtüchern mangelt es offensichtlich auch nicht und so changiert die modische Interpretation des Mundschutzes zwischen Ein- und Vielfalt. Einige Exemplare werden auch dem allgemeinen Synonym, dem Spuckschutz, mehr als gerecht. Aber auch diese Behelfsmasken schützen, denn angesichts dieser stoffgewordenen Scheußlichkeiten dürfte jeder den gebührenden Abstand zum Träger einhalten. Und mal ehrlich: Selbst virtuos hergestellte und durchaus ansehnliche Exemplare sind auch nicht so richtig sexy. Es sei denn, man konnte durch einen längeren Krankenhausaufenthalt einen entsprechenden Fetisch entwickeln oder ist Asiat, der ja den Großteil des Lebens gesichtsverhüllt verbringt. Aber egal: Der Eindruck, ganz gleich wo man ist, sich in einer Intensivstation zu befinden, gibt ja auch Sicherheit. Und das ist an Tagen wie Corona doch das A und O.

Corona-Dialog

»He, Sie! Ziehen Sie gefälligst eine Maske auf!«
»Nö, ich bin Masken-befreit. Ich habe Asthma!«
»Och, Sie haben es ja gut.«

Dienstag, 21. April 2020

Ich habe Geburtstag, aber es will keine Freude aufkommen. Nicht das fortschreitende Alter macht mir zu schaffen. Ich habe mich längst daran gewöhnt, dass der Arztbesuch das ist, was die Sozialkontakte früher waren. Dass Essen der Sex des Alters sein soll, frustriert mich. Was ist denn daran erotisch, wenn man aufgrund von Zahnproblemen nicht mehr alles kauen kann und durch Sodbrennen Gase ausstößt, die sämtliche Insekten in der Wohnung auf einen Schlag vernichten? An Tagen wie Corona reduziert sich die Freude am Jubeltag noch mehr, tendiert gegen Null. Ein Treffen mit den Liebsten ist nicht möglich, ein Restaurantbesuch ausgeschlossen, Geschenke gibt es auch nicht, weil viele Läden den Lockerungsbestimmungen nicht trauen und geschlossen bleiben.

Ganz anders der gemeine Handwerker. Die Zunft, die gewohnheitsgemäß durch Abwesenheit trotz Termin glänzt, hat jetzt Zeit, weil die Auftragsbücher Lücken aufweisen und so erinnert sich unser Klempner an die vor einem Jahr gegebene Zusage baldmöglichst vorbeizukommen. Immerhin hat er damals ein korrodiertes Rohr festgestellt, das bei nächster Gelegenheit breche, das unbedingt zeitnah ausgetauscht gehöre, um eine Katastrophe zu verhindern, hatte er uns erläutert. Seit diesem Besuch war er telefonisch nicht mehr zu erreichen und hatte auch nicht auf unsere Bitten zurückzurufen reagiert.

»Koi Zeit g'hätt«, ist alles, was ihm dazu einfällt.

Nun habe er Zeit und müsse erst einmal das Wasser im Haus abstellen, erklärt er.

»Wasser abstellen? Und wie sollen wir da unserer Pflicht nachkommen, die Hände zu waschen«, frage ich ihn.

»In dr Kloschüssel isch doch Wasser dren. Des reicht für's Erschde«, erwidert er und schiebt sich an mir vorbei.

»Was ist mit Mundschutz?«, keife ich ihm hinterher.

»Mi stört's net, wenn Sie oin uff hen«, lautet seine Antwort.

Er untersucht die vermeintliche Baustelle, schüttelt den Kopf, rüttelt an dem Rohr, klopft mit einer Zange dagegen, versucht unter Schnauben und Ächzen eine Schraube zu lösen, schwitzt, flucht, gleitet mit dem Werkzeug ab, verletzt sich an der Hand, klagt, jammert und lässt sich von meiner Frau einen Verband anlegen.

»Und jetzt?«, frage ich genervt.

»Da müssa mir die Wand uffmacha, damit i besser no komm«, konstatiert er.

Wenig später steht er mit der Schlagbohrmaschine in unserer Küche und zertrümmert solides Mauerwerk. Staubschwaden hüllen uns ein, der Lärm ist ohrenbetäubend, der Küchenboden ist von Gesteinsbrocken überdeckt. Der Meister scheint mit seiner Arbeit zufrieden zu sein, beäugt die circa ein Quadratmeter große Öffnung und wiederholt die Prozedur der Schraubenlösung. Doch die tut das, was sie am besten kann, verteidigt ihren seit Jahrzehnten eingenommenen Platz, hält zwei Rohrstücke zusammen und bewegt sich keinen Millimeter.

»Altes Glomb«, grummelt der Fachmann. »Des müss mr abfräsa.«

»Könnten Sie das nicht an einem anderen Tag machen? Das kommt uns ein bisschen ungelegen«, wende ich ein, doch er winkt nur ab.

»Des macha mir glei. Jetzt hab i Zeit.«

Kraftlos wanke ich ins Wohnzimmer. Während der Klempner dem Rohr zuleibe rückt, sehe ich mir einen alten Film mit Tom Hanks an. Es geht darin um ein Paar, das ein Haus erwirbt, welches sich auf den ersten Blick als Schnäppchen, auf den zweiten Blick als Bruchbude erweist. Mit jedem Versuch, einen Teil des Gebäudes zu renovieren, wird der Schaden größer. Darüber kann ich heute irgendwie nicht lachen.

Das »Scheißdreck, was isch jetzt des?«, das aus der Küche kommt, lässt mich aufhorchen. Ich möchte eigentlich nicht wissen, was vor sich geht, doch meine angeborene Neugier treibt mich an. Der Meister hält zwei funkelnde Rohrstücke in der Hand, betrachtet sie ungläubig, schüttelt den Kopf. »Die passet net. Andere Generation. Früher hot mr halt no anders baut. Solche Rohre wie die do ...«, er tritt verächtlich gegen die ausgebauten Leitungsstücke am Boden, »... die hot mr heut nemme.«

»Was bedeutet das?«, frage ich schwach.

»Muss i gugga, ob i no oins am Lager han.«

Sagt es und verschwindet.

Ich habe selten an meinen Geburtstagen geweint. Ich erinnere mich im Grunde nur an einen einzigen, an dem ich nicht das lebendige Nashorn bekommen habe, das ich mir damals so sehnlichst gewünscht hatte. »Oins auf d' Nos nuff kannsch han«, lautete der harsche

Kommentar meines Vaters. Ich musste mit einem Schulranzen vorliebnehmen, nicht mal er war aus Nashornleder. Heute weine ich das zweite Mal.

Zwei Stunden später kommt der Experte freudenstrahlend zurück. »I han oins gfonda«, sagt er und hält ein Rohrstück in die Höhe, das unser bisheriges in Sachen Alter und Verrostungsgrad noch übertrifft. Ich sage nichts und lasse den Meister gewähren. Fachmännisch baut er das Teil ein, klopft zufrieden mit der Zange dagegen und streckt den Daumen nach oben.

»So, jetzt hemmer des au«, sagt er, knöpft mir 300 Euro ab und geht.

Meine Herzallerliebste steht vor dem Loch in der Wand und schluchzt. Ich lege ihr die Hände auf die Schultern. »Nicht so schlimm, über das Loch hängen wir ein Bild. Oder den Kalender, den wir letztes Jahr von der Apotheke geschenkt bekommen haben«, schlage ich vor und lache.

»Hoffentlich gibt es ein Motiv mit Wasserfall«, erwidert sie und deutet auf die dünne Fontäne, die aus dem Rohr sprudelt.

Den Meister erreiche ich telefonisch nicht und seine Ansage auf Band lässt mich Schlimmstes befürchten. »Mir sen immer für Sie do. Wenn mir Zeit hän.«

Donnerstag, 23. April 2020

An Tagen wie Corona nehmen sogenannte Tutorials an Bedeutung zu. Tutorial ist der virtuelle Volkshochschulkurs, wird über Internet-Plattformen gegeben und ist so vielfältig wie die Persönlichkeit von Philip Amthor.

Ambitionierte Laien versuchen leidenschaftlichen Talentlosen irgendetwas beizubringen. Die Themenpalette reicht von dem Nachbau des Brandenburger Tores unter Verwendung von Klopapierrollen, das Backen von Schwarzwälder Pfirsich-Avocado-Cremetorte sowie Schneckendressur auf Stacheldraht. Es gibt nichts, was sich nicht erlernen lässt und der sich im Würgegriff von Corona befindliche Homeoffice-Geschädigte ist dankbar für jedwede Abwechslung, die ihn wegführt von den zu beschulenden Kindern.

Auch über manchen Notstand helfen diese Ratgeber-Seiten weg. Wer braucht schon einen Frisör, wenn er eine Nagelschere zuhause hat?

In dem Zusammenhang fällt mir mein alter Kumpel Zwiebel ein, der seine einsetzende Adoleszenz in Punkkreisen genoss. Er war seinerzeit der einzige seiner Artgenossen, der aufgrund seines Lispelns, den Namen seiner Lieblingsband Sex Pistols nicht richtig aussprechen konnte. Wenn er es doch tat, zog dies fiese Lachsalven nach sich, die wenig selbstbewusstseinsfördernd waren. Was ihn jedoch sehr auszeichnete: Zwiebel war für die schrillsten Outfits bekannt und auch für die hanebüchensten Methoden, diese herzustellen. Jede modische Entgleisung wurde bei ihm zum Event.

Ich erinnere mich gern, wie er sich in einen weißen Overall gehüllt in eine mit altem Motoröl gefüllte Wanne fallen ließ und so sein Kleidungsstück mit einem höchst individuellen Muster versah. Gut, die Raucherecke in der Schule musste er fortan meiden, aber mit diesem Style fiel er auf, optisch wie olfaktorisch. Auch suchte er immer wieder nach neuen Methoden, seinem stattlichen Irokesenkamm Halt zu geben. Seifenlauge, Zuckerwasser, Haarspray, Schaumfestiger waren ihm irgendwann nicht mehr nachhaltig genug. Und so versuchte er es mit Sekundenklebstoff, was zunächst den erforderlichen Halt gab, sich in Folge jedoch als keine gute Idee herausstellte. Die Haare fielen ihm büschelweise aus, wuchsen nicht mehr nach und so musste er fortan mit einer Mütze herumlaufen, um die roten Flechten auf seiner Kopfhaut zu kaschieren.

Hätte es damals schon Internetplattformen gegeben und Zwiebel hätte seine Tipps an die Nachwelt weitergegeben, hätte ich mir dies mit Sicherheit angesehen. Zumal sein Unterhaltungswert sicherlich alles in den Schatten gestellt hätte. So bin ich bei der Durchsicht der Angebote schon nach einer halben Stunde so gelangweilt und entscheide, die Nachmittagsserien in ARD und ZDF anzusehen. Die Darsteller sind wenigstens gut frisiert.

Montag. 27. April 2020

Atemschutz, Spuckschutz, Maultäschle, Kretschmann-Lappen – die Bezeichnung für das, was die Bevölkerung ab heute tragen muss, ist vielfältig. Entgegen dem allgemein gültigen Vermummungsverbot wurde nun ein Maskierungsgebot eingeführt und zwar immer dann, wenn Menschen zusammentreffen und keinen Mindestabstand von 1,5 Meter halten können. Beim Einkaufen im Supermarkt zum Beispiel oder bei der Benutzung von öffentlichen Verkehrsmitteln. Mittlerweile sind Masken an jeder Ecke erhältlich, es gibt sie in allen Farben und aus unterschiedlichen Materialien, vom federleichten Papierläpple bis hin zur kaum zu durchschnaufenden Fußmatte. Der Tragekomfort hängt stark von der Passform der Gummibänder ab.

Sie dürfen nicht zu straff gespannt sein, sonst mutieren die fein angelegten Öhrchen zu Segelohren und das Däschle wird zum Knebel. Auch sollte darauf geachtet werden, dass alle Kinne von der Maske bedeckt werden und sie sich nicht zwischen zwei Unterkinnen festklemmt. Kombiniert mit einem Längsstreifen-Muster macht das eine schmale Wange, die ansonsten aufwändig hingeschminkt werden müsste.

Doch auch der Mundschutz birgt Risiken und Nebenwirkungen. Trägerin und Träger sind angehalten, darauf zu achten, was sie zu sich nehmen, haben doch bestimmte Lebensmittel Einfluss auf die Mundflora. Nach dem Genuss eines Döners mit Zwiebeln und viel Knoblauchsoße droht Bewusstlosigkeit. Auch der Alkohol vom Vorabend hält in seiner Wirkung durch das Maskentragen sehr viel länger an.

Brillenträger sind durch das Gebot klar im Nachteil. Sie müssen sich entscheiden, ob sie fortan durch vom eigenen Atem beschlagene Gläser blicken wollen oder sich die Maske so unter das Gestell schieben, dass die Brille die Fehlsichtigkeit nicht mehr ausgleichen kann.

Als ob dies nicht genug wäre, leidet auch das Gehör. Der Mundschutz dämpft das gesprochene Wort, scheint die klare Rede in unzusammenhängende Lautmalereien zu verwandeln. Da noch nicht einmal mehr die Mimik erkannt wird, bleibt Kommunikation fortan auf der Strecke. Aber mal ehrlich: Wann habe ich zuletzt in einem öffentlichen Verkehrsmittel ein Gespräch geführt? Mit wem auch? Es glotzen doch alle auf ihr Handy. Also ist eigentlich alles wie immer. Nur anders.

Dienstag, 5. Mai 2020

Die Nation atmet auf: Die Frisörgeschäfte dürfen wieder Kunden empfangen. Vorbei sind sie die haarsträubenden Zeiten, die von Wallemähnen, Zotteltier-Pracht und Selbst-Verschnitt geprägt waren. Endlich bekommt das Leben wieder eine Form, zumindest auf dem Kopf. Leider ist es leichter eine Audienz beim Papst zu bekommen, als einen Termin im Salon des Vertrauens. Da es jedoch nicht bekannt ist, wie es um die Haarschneidefähigkeiten des Pontifex maximus bestellt ist, werden Wartezeiten gern in Kauf genommen. Auch darf es die Behaarten nicht scheren, nicht nur in das eigene vermummte Spiegelbild zu blicken. Nein, die Fachkraft trägt natürlich auch einen Mundschutz. Für Kundin und Kunde hat dies den Vorteil, dass die Kopfpflege still vonstatten geht. Statt Promigeschnatter Scherengeklapper. Aber auch die Zunft selbst schneidet durch die Atemmasken gut ab. Misslingt der Schnitt, ist die Beweisführung, wer dafür verantwortlich ist, erschwert. Das nenn' ich eine echte Win-Win-Situation.

Dienstag, 12. Mai 2020

Die Brauereien schlagen Alarm. Fehlende Absatzmärkte wie geschlossene Gaststätten, abgesagte Volksfeste und nicht stattfindende Parties sorgen für einen gewaltigen Umsatzrückgang. Ich beschließe, meinen Bierkonsum zu erhöhen. Haltet durch, ihr Brauer, die Rettung naht.

Donnerstag, 14. Mai 2020

Erinnert sich noch irgendjemand an die Band Straßenjungs? Sie war so eine Art hessische Antwort auf die Ramones, wie die Vorbilder musikalisch und textlich auf das Nötigste reduziert. Deren Platten legte man auf Parties immer dann auf, wenn der Sprachverlust aufgrund des hohen Alkoholkonsums drohte. Die Songs von Strassenjungs ließen sich auch dann noch mitgröhlen. Eines ihrer besseren Lieder hieß »Autokino« mit den unvergesslichen Zeilen »Autokino, ich liebe deinen Busen, hier können wir in aller Ruhe schmusen.« Und irgendwie sorgte dieses Bravourstück deutscher Reimkunst dafür, dass der Begriff »Autokino« in meinen Vorstellungen immer schon in einem erotischen Kontext steht. Wo auch sonst hätten sich Teenager sexuell annähern können, als auf dem Rücksitz des Familien-Käfers, während John Travolta und Olivia Newton-John sich einen Wolf tanzten. Damals war aufgrund der Platznot noch eine gewisse Gelenkigkeit der Liebenden gefordert, selbst harmlose Fummeleien konnten zu Zerrungen und Blutergüssen führen. Heute fahren die Hipster in Mutters SUV vor, und können aufgrund des vorhandenen Raumes Stellungen ausprobieren, die sie zuvor auf Pornhub angesehen haben.

An Tagen wie Corona jedoch ist das Autokino der neue Konzertsaal. Wo auch immer Platz für Fahrzeuge zur Verfügung steht, wird eine Bühne errichtet, um den finanziell schwer gebeutelten Künstlern eine Auftrittsmöglichkeit zu bieten. Die Musik wird über eine Radiofrequenz direkt in den Fahrzeug-Innenraum übertragen, Applaus wird per Hupe, Fernlicht oder Scheibenwischer übermittelt. Je nach Intensität der Betätigung kann Wohlwollen bis Ekstase zum Ausdruck gebracht werden: Ich finde, dieses Prinzip könnte man auch in den Straßenverkehr zurückführen. Natürlich müsste dafür ein gewisser Code erstellt werden, der in den theoretischen Unterricht der Führerscheinprüfung integriert werden sollte.

Einmal hupen: Du fährst nicht schlecht für einen Fahranfänger.

Mehrfach Hupen: Ich fahr voll auf dich ab!

Abblendlicht mit gleichzeitiger Betätigung des Scheibenwischers und der Spritzanlage: Ich will ein Kind von dir!

Kopf aus dem Seitenfenster unter Betätigung der Lichthupe: Hilfe, meinem Beifahrer ist ein Darmwind entfleucht.

Rhythmische Schläge aufs Autodach, Teil 1: Verdammt, ich finde meine Brieftasche nicht.

Rhythmische Schläge aufs Autodach, Teil 2: Mist, unser Blaulicht ist weg.

Samstag, 16. Mai 2020

Der Eurovision Song Contest wird abgesagt. Da sage noch einer, Corona hätte nicht auch gute Seiten.

Dienstag, 26. Mai 2020

Ich befürchte, ich kann nicht alle Brauereien retten. Aber ich kann mir nicht vorwerfen, ich hätte es nicht versucht.

Samstag, 30.Mai 2020

In Großbritannien dürfen immer noch keine Behandlungen beim Zahnarzt durchgeführt werden und so sind die Engländer angehalten, sich selbst zu helfen. Sie reißen sich Zähne raus, verstopfen Löcher mit Wachs oder Kaugummi, feilen abgebrochene Zähne gerade und beschneiden mit dem Taschenmesser entzündetes Zahnfleisch. So steht es in den Zeitungen und seitdem schmerzt mein gesamter Kiefer. Ob rechts oder links, oben oder unten vermag ich nicht zu sagen. Ich muss dringend mit meinem Zahnarzt sprechen. Fragen, ob er englische Ahnen hat.

Dienstag, 2. Juni 2020

Ich ändere mein Zugangspasswort zum Computer in »Fuckyou 2020«. Mein PC attestiert mir, dass dies mit großer Sicherheit einhergeht. Finde ich auch. Und es lässt sich zudem leicht merken, zumal man jeden Tag daran erinnert wird.

Donnerstag, 4. Juni 2020

Der junge Herr, der über mir wohnt, hat offensichtlich auch sein Homeoffice Büro bezogen. Und ebenso offensichtlich ist er meinem Beispiel gefolgt und hat es auf den Balkon verlegt. Ein wenig störend ist die Tatsache, dass er nur unter Intensiv-Schlagerbeschallung arbeiten kann. Seine Tätigkeit besteht darin, anzügliche Telefonate zu führen, die ich Wort für Wort mitverfolgen darf, da nicht nur er, sondern auch die Gesprächspartnerinnen auf laut gestellt sind. Wenn er nicht telefoniert, bereitet er Grillgut zu, nicht selten entkorkt er dazu eine Flasche Wein. Manchmal sind es auch zwei, dann singt er die Schlager mit. Was macht er beruflich, frage ich mich. Seinem Gesang nach zu urteilen, kann er nichts mit Musik zu tun haben. Ein bis zwei Stunden geht das so, dann wird das Radio-Gesäusel von Schnarchgeräuschen übertönt. Ich nehme an, er baut auf diese Weise Überstunden ab, oder er hat den Begriff »Kurzarbeit« falsch verstanden.

Bei diesem Lärm kann ich mich nicht konzentrieren, ich verlege meinen Arbeitsplatz ins Schlafzimmer. Die Dame in der Wohnung unter mir scheint auch einen Homeoffice Tag zu haben und offensichtlich hat sie nicht nur Akten, sondern auch einen Kollegen mit nach Hause genommen. Momentan verbessert sie mit ihm das Betriebsklima. Womöglich versteht sie auch den Begriff »Gleittag« falsch?

So sehr ich mich für sie freue: Mich bringt die Ekstase, mit der sie ihrer Tätigkeit nachkommt, aus dem Konzept. Darum beschließe ich, spazieren zu gehen. Im Treppenhaus treffe ich den Nachbarn von oben. Er trägt weiße Shorts, Polo-Shirt, weiße Socken, weiße Turnschuhe, hat einen Tennisschläger unter dem Arm. Er grinst, eine Weinfahne weht mich an.

»Na, auch Homeoffice?«, fragt er und zwinkert.

»Ja, ich mache eine kleine Pause«, antworte ich.

Er nickt verständnisvoll. »Muss auch mal sein. Das ist ja das Schöne am Homeoffice. Man kann die Zeit frei einteilen. Ich muss sagen, ich arbeite sehr viel effektiver daheim, konzentriere mich auf das Wesentliche. Und das alles nur dank Corona. Da kann man mal sehen: Aus Krisen entstehen manchmal Chancen.«

Er verabschiedet sich schlägerwinkend. »Ich muss los. Wenn ich nicht bis 14 Uhr auf dem Court stehe, bekomme ich keinen Platz mehr.« Und im vertraulichen Tonfall fügt er hinzu: »Sie glauben gar nicht, wie viele Kollegen ich dort treffe. Mehr als im Büro jedenfalls.«

Montag, 8. Juni 2020

Friedrich Schiller, so heißt es, liebte den Geruch von verfaulten Äpfeln. Seine Leidenschaft dafür ging offensichtlich so weit, dass er in der Schublade seines Schreibtisches immer einen Vorrat hatte, der nie zu Ende gehen durfte. Gut möglich, dass das Odeur des Vergänglichen ihn berauschte, seine Fantasie beflügelte und ihn zu neuen Geschichten antrieb. Meine Kreativität funktionierte bislang ohne Ingredienzien dieser Art und daran wollte ich eigentlich auch nichts ändern. Doch an Tagen wie Corona ist selbst eine Suchtgefährdung wider Willen nicht ausgeschlossen.

Aufgrund von Platznöten im Büro wurde mein Kollege in der vergangenen Woche ins Homeoffice verdammt, während ich eine systemrelevante und -erhaltende Funktion zugesprochen bekam. Im Gegensatz zu ihm weiß ich, wie der Kopierapparat funktioniert, bin auch in der Lage zu scannen, wichtige Grundeigenschaften der Systemrelevanz, wobei ich immer den Eindruck habe, dass er sich in solchen Dingen mit Absicht dämlich anstellt, um diese Aufgaben nicht erledigen zu müssen.

Er ist also zu Hause, und dennoch bemerke ich den scharfen Geruch im Raum, als ich das Büro betrete. Es riecht ein wenig nach alten Socken, Bio-Tonne in der Kopfnote, mit einem Hauch von Kläranlage. So sehr ich nach der Quelle des bestialischen Gestanks fahnde, ich kann nichts entdecken. Die Abfallbehälter sind geleert, in dem gemeinsam genutzten Schrank sind keine Anzeichen von verendenden Tieren zu entdecken.

Ich betätige die Kaffeemaschine, versuche mich auf den Duft des Gebräus zu konzentrieren. Der Mief lässt sich nicht übertünchen. Mehr noch, er verdirbt den Geschmack des Wachmachers, gibt ihm einen brackigen Beigeschmack.

Es gibt nur eine Möglichkeit: Er hat etwas in seinem Rollcontainer deponiert und vergessen, es mit nach Hause zu nehmen. Das Möbel ist, wie es die Vorschrift verlangt, verschlossen. Mit dem Brieföffner versuche ich das Schloss zu knacken, beziehungsweise es aus dem Holz zu brechen. Das ungewohnte Aroma verfehlt seine Wirkung nicht, ich merke einen leichten Schwindel. Ich halte den Atem an, wuchte und zerre, bin in voller Konzentration und bemerke meinen Chef erst, als er mir von hinten auf die Schulter tippt.

»Was zum Teufel machen Sie da?«, fragt er.

»Ich sorge für besseres Betriebsklima«, keuche ich.

»Indem Sie die Schublade Ihres Kollegen aufbrechen? Das ist ja die dämlichste Ausrede, die ich jemals gehört habe. Unterlassen Sie das sofort, sonst ist Ihnen eine Abmahnung gewiss.«

Er versucht mir den Brieföffner zu entreißen, doch ich bin längst im Rausch und daher nicht aufzuhalten. Mit einem lang gezogenen Schrei stoße ich den Metallstift ins Holz, presse mich mit aller Kraft dagegen. Splitternd gibt die Schublade nach, doch bevor ich hineinsehen kann, hat mich der herbei gerufene Sicherheitsdienst überwältigt.

»Sie melden sich bei mir, wenn Sie sich beruhigt haben!«, poltert mein Chef und verlässt das Zimmer.

»Irgendwie riecht das hier komisch«, sagt ein Sicherheitsmann, der mich im Schwitzkasten hält.

Der andere beäugt mich kritisch. »Vielleicht hat der Typ ein Problem. Inkompetenz, du weißt schon«, raunt er seinem Kollegen zu und rümpft die Nase.

Dieser lässt mich los und stößt mich von sich. »Boah, hier darf aber wirklich alles arbeiten«, presst er hervor.

Die Beiden verziehen sich. Das ist für mich die Gelegenheit nach der olfaktorischen Katastrophe zu fahnden. Es ist eine offene Schale mit einer Substanz, die ehemals Quark gewesen sein muss. Inzwischen jedoch hat sich jedoch ein grünbraunblauschwarzer Pelz darauf gebildet, aus dem kleine Rauschschwaden aufsteigen. Mir drohen, die Sinne zu schwinden, mein Magen krampft. Mühsam unterdrücke ich den Reiz, mich zu übergeben.

Ich hangle mich an der Tischkante entlang, erreiche die Tür, kann sie öffnen, stürze in den Gang und verliere das Bewusstsein.

Ich erwache vom Klingeln meines Mobiltelefons im Sanitätsraum. Mein Kollege.

»Was ist?«, frage ich mit schwacher Stimme.

»Du, also, es ist mir ein wenig unangenehm. Aber ich habe letzte Woche ein paar Fische für mein Aquarium gekauft. Und da ich kein geeignetes Gefäß im Büro hatte, habe ich sie in vorübergehend in der Kaffeemaschine geparkt. Und leider habe ich sie dort vergessen. Also bevor du dir einen Kaffee machst…«

Ich stoße kurz fischig auf, dann verliere ich wieder das Bewusstsein.

Corona Dialog

»I han jetzt au an Corona Teschd macha lassa.«
»Ond?«
»I ben so was von negativ.«
»Des woiß i. Aber was isch bei dem Teschd rauskomma?«

Samstag, 13. Juni 2020

Es klingelt an der Tür. Ich gehe noch konzentrierter meiner Pflanzengieß-Aktion nach und versuche, einen extrem unbeteiligten Eindruck zu machen. Doch der Argwohn meiner Frau ist geweckt.

»Das ist doch bestimmt wieder für dich«, faucht sie und geht hinter den Paketen, die eine Schrankwand enthalten, in Deckung. Es war ein Angebot eines Möbelhauses, bei dem ein Freund beschäftigt ist. Durch die konsequente Lagerräumung zu absoluten Schnäppchen-Preisen, versuchte das Unternehmen einigermaßen schadlos durch die Pandemie zu kommen. Für uns war es ein Akt der praktizierten Nächstenliebe, die Firma und somit unseren Freund zu unterstützen. Eine Schrankwand kann man immer gebrauchen, und sei es nur, um dahinter in Deckung zu gehen.

Es klingelt vehementer.

Ich erschrecke, stoße mir den Rücken an der Zapfanlage, die wir von einem in Not geratenen Gastwirt samt sieben 50-Liter-Fässern Bier übernommen haben, gebe einen heulenden Schmerzenslaut von mir und ernte wütende Blicke von meiner, mich vor kurzem noch sehr liebenden Gattin.

»Spinnst du? Jetzt weiß er, dass wir zuhause sind!«

Er, das ist der Postbote. Einst ein sehr gern gesehener und wertgeschätzter Dienstleister, der im Laufe der letzten Monate jedoch zu einer Art Dämon für uns wurde, einem Zerrbild unseres Gutmenschentums. Klingeln, dann dröhnendes Pochen.

»Aufmachen, ich weiß, dass Sie da sind. Ein Paket für Sie!«, tönt es von draußen. Meine Partnerin stöhnt. »Was ist es dieses Mal? Ein neuer Kühlschrank? Ein Heizpilz für die Terrasse, die wir nicht haben? Oder eine Palette Dachziegel? Man weiß ja nie, ob wir nicht doch mal bauen?«

Manchmal habe ich den Eindruck, sie liest heimlich meine E-Mails. Wie sonst könnte sie von dem Heizpilz wissen, den ich einem Bekannten abgekauft habe, der sein Hotel nun mehrere Monate nicht öffnen konnte. Allerdings wäre die Lieferung deutlich zu früh, ausgemacht war übermorgen. Ich gebe mich empört und weise auf die Kombination aus Frisiertisch und Kommode hin, die seit der Übernahme von unserem Stammfrisör unser Esszimmer ziert. Eine Anschaffung, die eindeutig auf ihrem Solidaritätskonto verbucht ist.

»Der geht bestimmt gleich wieder«, flüstere ich.

»Ach ja, und dann gibt er das Paket wieder bei den Nachbarn ab. Versucht es zumindest.«

Ich lächle. Kein Nachbar nimmt noch etwas für uns an, zu groß war die Unterstützungspakete-Flut in der letzten Zeit.

Dabei hatte es ganz harmlos angefangen. Mit einem T-Shirt mit der Aufschrift »Da blüht uns was«, mit dessen Verkauf der lokale Florist sein Auskommen sichern wollte, gefolgt von einem begehbaren Kosmetikkoffer der Lieblings-Visagistin meiner Frau. Stirnbänder, Schirmständer, Schachbrett, Topfset, Herz-Katheter, Ergometer, Standuhr, Kunst-Skulptur, Eis-Maschine, Guillotine, Schiffsschraube, Gartenlaube, jeden Stuss und Schluss.

Wir brachten es einfach nicht übers Herz, Menschen, die monatelang auf ihre Überbrückungsgelder vom Staat warten mussten, darben zu sehen. Was soll man tun, wenn das Herz größer ist als der zur Verfügung stehende Wohnraum?

Das Problem war, dass sich unsere multiple Solidarität herumsprach. Im Laufe der Zeit sendeten uns alle vom Lockdown betroffenen Einzelhändler Dinge zu, in der Hoffnung, dass unser Gewissen es nicht fertigbringt, einen Retourschein auszufüllen. Die Rechnung ging auf, leider aber zu unseren Lasten.

»Zum letzten Mal. Machen sie auf! Sonst werfe ich das Paket auf Ihren Balkon«, keift der Postbeamte.

Ich kichere. Das kann ihm nicht gelingen. Unser Balkon ist durch ein schmiedeeisernes Gitter gesichert, das einst einem Freund gehörte, der seine kleine Werkzeugfabrik aufgeben musste.

Die Neugier ist der Mörder meiner Vorsicht. Ich schleiche zum Türspion, um zu sehen, was der Kurier zustellen möchte. Das Paket ist groß, sehr groß.

»Um Gottes Willen!«, entfährt es mir. »Was ist denn da drin?«

Der Postler lässt die Faust gegen die Tür krachen. »Wenn Sie nicht sofort öffnen, dann stelle ich die Harfe auf die Wendeplatte«, kreischt er.

»Eine Harfe. Das ist aber schön«, sage ich an meine Frau gewandt und habe die Hand bereits an der Klinke. Sie stürmt auf mich zu und reißt mich von der Haustür weg.

»Eine Harfe? Bis du völlig übergeschnappt? Du kannst doch gar keine Harfe spielen«, ätzt meine Frau.

»Na und?«, erwidere ich. »Du hast ja auch einen Thermomix gekauft und kannst nicht kochen.«

Sie will gerade mit einem Golfschläger aus dem neuen Set auf mich losgehen, da regt sich etwas jenseits der Haustür. Der Zusteller schiebt das verpackte Musikinstrument in Richtung Ausgang.

»Er zieht ab«, jubele ich und recke die geballte Faust in die Höhe.

Meine Herzensbewohnerin jubelt nicht mit. Sie starrt mich an, schlägt eine Hand vor den Mund. »Hast du die Garage abgeschlossen?«, bringt sie atemlos hervor.

»Natürlich nicht. Unser Auto steht doch seit der Anlieferung von 100 Quadratmetern Waschbetonplatten auf der Straße«, antworte ich. Im selben Moment ergreift mich Panik, ich haste aus unserer Wohnung, um den quietschgelben Teufel von seinem Vorhaben abzubringen. Sein Vorsprung ist zu groß. Ich sehe nur noch die Rücklichter seines Wagens. Eine Hand schießt aus dem linken Seitenfenster heraus, mit einer obszönen Geste verabschiedet sich der Unmensch.

Im Grunde genommen bin ich froh, dass er die Harfe dagelassen hat. Sie entpuppt sich als brauchbares Werkzeug, wenn man sie zum Beispiel als Gemüsehobel einsetzt. Wie sonst hätten wir die zehn Zentner Zucchini und die acht Säcke Kartoffeln aus neuer Ernte vom Bauern nebenan verarbeiten sollen?

An irgendeinem Tag in der 3. Welle

Ich wache auf und merke, ich bin nicht allein. Miesepetra sitzt auf meiner Bettkante und grinst mich an.

»Geh weg!«, sage ich zu ihr. »Ich will dich heute nicht um mich haben.«

»Also, ich freu mich, dich zu sehen«, sagt Miesepetra und bleibt. Ich versuche, sie zu ignorieren, schiebe mich an ihr vorbei und ziehe den Rollladen hoch. Draußen regnet es in Strömen.

»Herrlich, ein Tag zum Kaiser zeugen«, jubelt Miesepetra und wäre sie nicht eine unerwartete Gesprächspartnerin, würde ich ihr vielleicht sagen, wohin sie sich ihre Meinung stecken kann. Sie scheint nur darauf zu warten. Doch diesen Triumph will ich ihr nicht gönnen. Ich schlurfe in die Küche, um mir einen Kaffee zuzubereiten. Die Filtertüten sind alle.

»Auch das noch«, greint Miesepetra. »Macht doch nichts. Tee ist eh viel gesünder.«

Sie weiß genau, dass ich unausstehlich bin, bevor ich nicht mindestens zwei Tassen edelstes Koffein-Gebräu intus habe. Und Tee nur in Ausnahme- und in Krankheitsfällen trinke. Dies ist ein Ausnahmefall. Die Durchsicht der heimischen Teebeutelsammlung ergibt, dass ich die Wahl zwischen Pu-Erh, Waldbeere-Fenchel-Anis und Pfirsich-Bärlauch-Nuss habe.

»Hm, alles meine Lieblingssorten. Eine so gut wie die andere«, ätzt Miesepetra und tänzelt leichtfüßig um mich herum. Sie geht mir auf den Geist mit ihrer Überheblichkeit und der gespielten guten Laune. Kann sie mich nicht in Ruhe lassen, wenn mich die Trägheitswelle des Lockdowns überspült? Muss sie an meinen Nervenenden zerren wie ein Feuerwehrmann an einem verkanteten Löschwasserschlauch?

Fast hätte ich über die gewählte und, wie ich finde, äußerst gelungene Metapher gelächelt, doch als ich den Wasserkocher unter den Hahn halte, bricht der Griff ab, der Corpus knallt in die Spüle, nicht jedoch ohne seinen Inhalt über mich zu ergießen.

Miesepetra kringelt sich vor Lachen.

Meine Lebensgefährtin taumelt schlaftrunken in die Küche.

»Geht das auch ein bisschen leiser?«, fragt sie.

»Genau mein Humor«, erwidert Miesepetra und legt meiner Frau einen Arm um die Schulter. Schwestern im Geiste, verbündet, um mir den Tag zu vergällen.

»Maul halten!«, brülle ich

»Boah, du bist ja heute mies drauf«, sagt meine Frau.

»Der geht schon den ganzen Morgen so«, ergänzt Miesepetra.

»An wem das wohl liegt?«, gebe ich zurück.

»Pff, jetzt bin wohl ich auch noch schuld?«, keift die Gemahlin.

»Oder am Ende ich?«, grantelt Miesepetra.

»Ach lasst mir doch alle meine Ruhe«, brumme ich und begebe mich ins Bad. Als ich frisch geduscht und bekleidet in die Küche komme, sitzen meine Frau und Miesepetra am Küchentisch und trinken Waldbeere-Fenchel-Anis-Tee. Sie unterhalten sich über mich und die wenigen Wortfetzen, die mich aus dem Dauergezische erreichen, belegen, dass ich nicht allzu gut wegkomme in diesem Gespräch.

»Wird immer schlimmer mit ihm.«

»Ja, kaum auszuhalten.«

»Ich weiß nicht, wie lange ich das noch mitmache.«

Ich verlasse grußlos die Wohnung und laufe Miesepetra direkt in die Arme.

»Du glaubst doch wohl nicht, dass du mich so schnell los wirst?«, unkt sie. »Wir beide bleiben zusammen, bis Lockerungen uns scheiden.«

UND JETZT WIRD'S LYRISCH.

Süß am Morgen, Teil 1

Hosch du vom Frühstück Gsälz im G'sicht,

rat ich Dir: Wasch Dich nicht!

Vielleicht kommt später in der Bahn einer und der spricht Dich an.

Dem zeigsch du dann, ganz ohne Lischd, wie süß du bischd.

Süß am Morgen, Teil 2

Machsch Du Dir morgens Obschd-Salat,

hab i Dir an guada Rat:

Brot mit Nutella

geht schnella.

Prinzip

Prinzip isch ein alter Gaul.

Bewegt sich lahm, isch au faul.

Doch manche lassat sich verleita,

stetig darauf romzumreita.

Neues vom Wertstoffhof

Auf den Recycling-Hof der Werte kam amol a Mo,

ond wollt oifach wissa, ob er Moral abgeba ka.

Doch der Typ vom Wertstoffhof,

hot gsagt: i ben doch et doof!

Mei Angebot isch übergroß,

Moral werd i nie wieder los.

Im Namen der Karotte

U-Bahnfahren ist für mich der neue Kinobesuch. Und bedeutend billiger. Eine Fahrkarte kostet ein Bruchteil eines Tickets für das Lichtspieltheater, zudem entfallen die Kosten für die Riesen-Eimer Popcorn und Cola. Der Blick aus dem Fenster ist, die richtige Platzwahl vorausgesetzt, unverstellbar und das Programm, das eine U-Bahn-Fahrt bietet, vielseitig und bunt. Die Kulisse ändert sich an jeder Haltestelle, die Personnage ist stets im Wechsel, die Stimmung pendelt zwischen ganz schön lustig und ziemlich gruselig.

Heute gibt es an der Haltestelle Hedelfingen einen französischen Film Noir. Eine junge Asiatin schleppt säckeweise Möhren in ein Haus. Und sofort sucht mein Hirn nach Erklärungen für diesen Handlungsstrang. Er kann nur zwei Bedeutungen haben: Entweder sie züchtet Karnickel, um ein nagendes, ständig kopulierendes Heer heranzuziehen, mit dem sie die Weltherrschaft übernehmen will. Oder sie führt ein homöopathisches Augenzentrum. Knabbern statt Lasern. Das wird unser Gesundheitssystem nachhaltig entlasten. Wer sich auf dieses Experiment einlässt, wird besser sehen und auch sein Aussehen optimieren. Karotten sind schließlich gut für den Teint.

Ja, ja, ich weiß, wahrscheinlich ist die Erklärung viel einfacher: Vielleicht betreibt die Dame ein Restaurant. Womöglich schnitzt sie auch Figuren aus dem Wurzelgemüse, um Gerichte zu dekorieren. Vielleicht jedoch sind diese Figuren die biologische Variante der Playmobil-Männchen für ihre Kinder. Darf man überhaupt noch Playmobilmännchen sagen oder muss das bereits gegendert werden? Und wenn ja, wie? Playmobilfrauchen und – männchen? Playmobilmännchen*innen?

Ist die Möhren-Figur (m, w, d) womöglich die Lösung, um sprachliche Ungenauigkeiten zu umgehen?

Sei es wie es ist: Mir gefällt die Idee einer Spielfigur aus Karotte: Wenn sie nicht mehr gebraucht wird, isst man sie einfach auf. Das wäre überhaupt die Lösung für so manches Kinderzimmer. Wenn es wieder aussieht wie bei McDonalds nach einem Kindergeburtstag, kann die Mutter mahnen: Jetzt iss mal schön dein Zimmer sauber und dann komm runter. Es gibt Wurzelgemüse zum Abendessen. Da sage noch Einer, der französische Film Noir kenne kein glückliches Ende.

Freunde in der Not - Cordula

Nichts kann sie richtig. Sie kann nicht richtig zuhören und den Unterschied zwischen gut gemeint und gut gemacht, den kennt sie erst recht nicht. Deshalb müssen Flecki und ich jetzt durch den Regen stapfen. Mir läuft das Wasser in den Kragen, ich friere und Fleckis Fell stinkt, als habe er im Urinal einer Autobahnraststätte gelegen. Vielleicht bin ich ja selbst schuld. Weil ich keine Fragen gestellt habe, als Cordula mich angerufen hatte.
»Ich habe eine Überraschung für dich«, röchelte sie. »Ein Geschenk, damit du nicht mehr so traurig bist. Aber du musst es selbst abholen, ich bin krank.«
Ich also rein in die S-Bahn, den 42er genommen, ausgestiegen, rechts, links, drittes Haus, Erdgeschoss, bei Lechner klingeln.
»Ich habe schon gedacht, sie kommen nicht mehr«, sagte Herr Lechner, lächelte freundlich und drückte mir Flecki in den Arm. »Passen Sie gut auf ihn auf, er ist jetzt wieder wie neu.«
Ich wusste nicht, ob ich weinen oder lachen sollte. Oder mich gruseln. Denn das war bestimmt nicht der Flecki, den ich so

vermisste. Freilich wollte ich ihn wiederhaben, nichts lieber als das. Das hatte ich auch Cordula gesagt. Aber so doch nicht.

Trotzdem: Wir rein in den 42er, Fahrkartenkontrolle. Ich zog mein Ticket hervor, hielt es dem Kontrolleur hin, er sah es sich an, wies auf Flecki und sagte: »Ond was isch mit dem?«

»Was soll damit sein? Das ist mein Hund.«

»Und wo isch sei Fahrschei?«

»Das ist nicht ihr Ernst.«

»Für den Hond müssat Se a Kinderticket lösa.«

»Aber dieser hier ist …ausgestopft.«

»Hond isch Hond. Also: Hen Se a Ticket?«

»Nein.«

»Dann koschtet des 60 Euro.«

Wir einigten uns auf 20 Euro, wenn ich sofort aussteige. Und er muss wohl alle nachfolgenden Busfahrer gewarnt haben. Keiner öffnete die Tür für Flecki und mich.

Und nun wandere ich durch den Regen und friere. Flecki habe ich an der letzten Bushaltestelle zurückgelassen. Und dennoch bleiben wir für immer vereint. Seinen Geruch bekomme ich nie wieder aus der Nase.

Ich war noch niemals in Tripsdrill

Es sollte sein großer Tag werden.

40 Jahre hatte mein Vater in einem Betrieb gearbeitet, von morgens früh bis abends spät. So manche Überstunde hatte er geschoben, war nie krank gewesen, überhaupt schien der Begriff Krankheit in seinem Wortschatz nicht vorzukommen. Ebenso wenig wie Erschöpfung und bei Burnout wäre meinem Vater lediglich seine leer

gerauchte Schachtel Ernte 23 eingefallen. Wenn es gegolten hätte, dem schwäbischen Schaffer ein Denkmal zu setzen, hätte mein Vater gute Chancen gehabt, dafür Modell stehen zu dürfen.

Ein halbes Leben lang hatte er sich für ein Unternehmen aufgeopfert, hatte Entscheidungen und Entwicklungen mitgetragen, Konkurrenzangebote ausgeschlagen, hatte sich über Erfolge gefreut, über Misserfolge geärgert und so manches Mal gute Miene gemacht, wenn die Geschicke der Firma in eine Richtung gelenkt wurden, die nicht seiner Vorstellung entsprach. Nach vier Jahrzehnten Plackerei sollte ihm eine Ehrung zuteilwerden. Die Geschäftsführung hatte zu einer Jubiläumsfeier im kleinen Kollegenkreis gerufen, zu der auch Familienangehörige geladen waren. Wir sollten es also miterleben, wie mein Vater für sein Lebenswerk ausgezeichnet wurde. »Den Rummel könnat die sich schenka«, lautete sein bescheidener Kommentar. »Die Hauptsach isch, i krieg mei Prämie.«

Dies war ihm nämlich zu Ohren gekommen. Neben der entbehrlichen Urkunde und dem ebenso verzichtbaren Händedruck des Geschäftsführers, den mein Vater als »Luagabeidl«, also einen, der es mit der Wahrheit nicht so genau nahm, bezeichnete, bekamen Jubilare auch ein ansehnliches Sümmchen ausbezahlt.

Fast täglich entwickelte er neue Ideen, wie er das Geld anlegen oder ausgeben könnte. Die Fassade des Häuschens könnte einen neuen Anstrich vertragen, das Gartentörle könnte er langsam nicht mehr sehen, die Kellertreppe könnte neu gefliest werden. Und auch ein neuer Rasenmäher stand schon lange auf seiner Wunschliste. Mein Bruder und ich bestanden darauf, dass er bei der Anschaffung eines solchen Geräts den Mehrpreis eines Auffangsacks einkalkulieren sollte, um uns von der Fron der Grasrechenarbeiten zu befreien. Der Antrag wurde anstandslos bewilligt.

Für meine Mutter wollte er einen Römertopf kaufen.

Sie hätte sich bestimmt über ein Schmuckstück oder ein neues Kleid mehr gefreut, aber auch diese Idee war von einem Hintergedanken beseelt: Er liebte Schmorbraten, der in dem tönernen Kochutensil, so verriet es der Prospekt des Herstellers, besonders gut gelänge.

Last but not least wollte er mit der ganzen Familie eine Reise unternehmen. Mit Reisezielen wie Paris, London oder New York beschäftigte er sich natürlich nicht. Bodenständig wie er war, dachte er über einen Kurzurlaub am Bodensee oder im Schwarzwald nach, auch einen Wochenendausflug zum Freizeitpark Tripsdrill konnte er sich vorstellen. »Die hen a Altweibermühle. Da kommsch du nei ond als junges Mädle kommsch wieder raus«, zog er meine Mutter auf, küsste sie auf die Wange und flüsterte ihr zu, er habe nur ein »Späßle gmacht«.

Mein Bruder und ich waren von seinen Vorschlägen sehr angetan. Vor allem der Plan in den Erlebnispark zu reisen, versetzte uns in freudige Erwartung. Tripsdrill, das klang nach Abenteuer und Spaß, nach einer längst fälligen Auszeit vom monotonen Schülerleben.

Seinen großen Tag der Jubiläumsfeier würdigte mein Vater, indem er ein frisch gestärktes weißes Hemd und seinen besten Anzug anzog, eine schwarze Krawatte umband, silberne Manschettenknöpfe anlegte sowie die Schuhe für besondere Anlässe auf Hochglanz polierte. In diesem festlichen Gewand stand er vor einem überschaubaren Teil der Belegschaft, die sich in der Kantine versammelt hatte, um den salbungsvollen Worten seines Abteilungsleiters zu lauschen. Die Geschäftsführung sei in einer wichtigen Besprechung gebunden, lasse jedoch grüßen, ließ er verlauten. Ebenso müsse ein Großteil der Kollegen wichtige Aufträge erledigen und könne nicht an der Feierlichkeit teilnehmen.

Auch wenn dies nicht der Rahmen war, den wir unserem Familienoberhaupt gewünscht hatten, platzten wir fast vor Stolz.

Die Superlativen, die der Redner aneinanderreihte, wollten kein Ende nehmen, aber irgendwann zog er die Urkunde und ein kleines Päckchen hervor und leitete damit den Epilog ein. »Wir zeichnen Sie mit diesem Dokument für Ihre langjährige Treue aus. Und die Uhr...«, er schüttelte das kleine Paket, »...steht symbolisch für die Zeit, die Sie uns geschenkt haben.«

Magerer Applaus setzte ein, mein Vater nahm Urkunde und Geschenk entgegen und konnte seine Enttäuschung nicht verbergen. Es vermisste offenbar den verheißungsvollen Umschlag mit der Prämie, die er insgeheim schon verplant hatte.

Im Geiste verabschiedete ich mich von der Altweibermühle, der Fahrt im Stromberg-Express und Spätzle mit Soß und war kurz davor, den Saal zu verlassen, um meine Enttäuschung in die Abenddämmerung zu brüllen. Aber dann hätte ich die Dankesrede meines Vaters verpasst und das wäre der weitaus größere Verlust gewesen.

„Dankschee", begann er ernst und blickte in Richtung seines Abteilungsleiters, „Ihr Gschwätz hot sich bloß halb so verloga a`g`hört, wie des, was Sie sonschd von sich gebat."

Ein Raunen ging durch die Reihen, meine Mutter sah meinen Vater entsetzt an.

Der erwiderte den Gruß der Geschäftsführung, wünschte vor allen den beiden obersten Chefs viel Glück bei ihren Besprechungen. Vermutlich fänden sie wie üblich mit ihren Sekretärinnen in Hotelzimmern statt und selbstverständlich hätten die jeweiligen Ehefrauen von diesen Treffen keine Ahnung.

Dann bedankte er sich für die Uhr.

Er hoffe, dass sie richtig gehe und wenn dies nicht der Fall sei, könne dies auch symbolisch zu verstehen sein. Er habe lange schon das Gefühl, dass im Betrieb einige nicht mehr richtig ticken. Das sei wiederum nicht erstaunlich, denn es fehle ein Schwungrad oder einer, der die Zeiger richtig stelle. Allerdings, vermutete er, dass keiner der Erbsenzähler im Controlling einen Stundenmesser lesen könne. Leicht erkennbar sei es doch, dass die Auftragslage im Unternehmen längst Fünf nach Zwölf anzeige, zumal der Vertrieb alles daransetze, die einst so guten Umsätze in eine Null zu verwandeln. Dies gelänge durch das vorbildliche Engagement in Sachen Kundenbetreuung, die offensichtlich auch den Besuch der Bordelle der Region einschließe.

40 Jahre, fuhr mein Vater unbeirrt fort, habe er tatenlos zugesehen, wie sich die Kollegen um ihre Arbeit drückten, die Fehler immer denjenigen in die Schuhe schoben, die sich gerade im Urlaub oder im Krankenstand befanden und insgesamt mehr Zeit auf der Toilette, in der Kaffeeküche oder in der Kantine zubrachten als an ihrem Arbeitsplatz.

A propos Kantine. Durch den jahrelang genossenen Fraß, der die großspurige und völlig unberechtigte Bezeichnung Schlemmer-Menü führe, habe er sich seinen Magen so ruiniert, dass er nur noch Suppen und Zwieback zu sich nehmen könne.

Einen positiven Effekt konnte mein Vater seiner langjährigen Firmenzugehörigkeit am Ende doch noch abgewinnen. Mit dem Schmirgelpapier, das auf den Toiletten auslieg, habe er sich regelmäßig die Hämorrhoiden abgehobelt. Und da er schon bei dieser Körperregion angekommen war, ließ er seinen Chef wissen, wohin er sich seine Uhr schieben könne. Eine dramatische Pause entstand.

Im Auditorium war es so still, dass man eine zu Boden fallende Büroklammer hätte hören können. Meine Mutter verbarg ihr Gesicht in den Händen, mein Bruder feixte und ich kämpfte mit Mitleidstränen.

»Nie hab i mi beschwert«, zischte mein Vater in die Stille hinein. »I hab mei Arbeit g'macht ond dafür mei Geld kriegt. 40 Johr lang hab i nix auf die Firma komma lasse. Aber wenn i g'wusst hätt, dass die ganze Schufterei am End bloß a Ührle wert isch, dann hätt i scho nach 40 Tag des g'macht, was jetzt kommt: Machet euern Scheiß alloi, ich kündige.« Sprach es und verließ die Feier.

In den darauffolgenden Tagen versuchte die Firmenleitung ihn umzustimmen. Eine Gehaltserhöhung wurde ihm angeboten, zwei Tage mehr Urlaub im Jahr in Aussicht gestellt, selbst die Prämie wurde ihm nachträglich überwiesen. Aber mein Vater blieb bei seinem Entschluss. Selbst das Geld wollte er nicht behalten. Als Aufbewahrungsort schlug er seinem Chef den Platz vor, den er schon für die Uhr vorgesehen hatte.

Wir haben seine Entscheidung ohne Murren mitgetragen. Seine Konsequenz nötigte uns Respekt ab, auch wenn sie von uns Opfer abverlangte. Meine Mutter hat bis heute keinen Römertopf, wir Kinder mussten weiterhin den Rasen rechen und ja: Ich war noch niemals in Tripsdrill.

Sport isch saug'fährlich

Hen Ihr g'schwend Zeit. I muas Euch ebbes verzähla.
Mr hört ja emmer wieder, wie g'sond Sport sei soll. Aber so langsam
kann i des nemme glauba. I denk eher, Sport isch saug'fährlich.
Mei Vetter, der Klaus, der hot jetzt au sein Lieblingssport aufgeba
müssa. Haja, der hot dauernd so Stiche g'hätt, in dr Bruschd und in
de Knui. Sei Hausarzt hot gsagt, des wär beim Degafechta normal.
Aber ganz ehrlich: I dät mir do a zweite Meinung ei'hola.

Übersetzung für Nichtschwaben

Haben Sie einen Moment für mich? Ich muss dringend etwas
loswerden.
Es wird immer wieder, durch Mediziner, die Medien und medizi-
nische Medien kolportiert, dass sportliche Aktivitäten zur Gesundheit der Menschen beitragen. Ich wage es, meine Zweifel zu solchen Behauptungen zu äußern. Mehr noch: Ich behaupte, dass mit
der Ausübung von Sport Gefahr für Leib und Leben verbunden ist.
Mein Cousin, nennen wir ihn Klaus, auch weil er so heißt, musste
seinen jahrzehntelang ausgeübten Sport nun endgültig an den Nagel
hängen. Seit Jahren klagt er über Stiche im Brustbereich und in den
Knien. Sein Hausarzt ließ sich zu der Diagnose hinreißen, Schmer-
zen dieser Art seien beim Degenfechten normal. Damit würde ich
mich an Klausens Stelle nicht begnügen. Ich würde auf jeden Fall
noch eine zweite Meinung von einem Experten einfordern.

Lotto Erkennntnis

Hen Ihr g'schwend Zeit. I muas Euch ebbes verzähla.

Letschde Woch han i zom erschda Mol in mei'm Leba Lotto g'spielt. Ond was soll i sage: i han älle Zahla, die zoga worda sen, richtig g'hätt. Aber als i mein Gewinn abhola wollt, hot der Typ vom Lottolade gsagt, dass mein Schein ungültig isch. Weil i älle Zahla auf dem Schein ankreuzt han. Der hot g'sagt, dass mr bloß sechs Zahla pro Käschdle ankreuza derf. Aber des isch doch B'schiss. Woher soll mr denn des wissa, welche Zahla die richtige sen, hab i gsagt. No hot der g'lacht ond hot g'sagt: Es isch zwoimol wahrscheinlicher von Blitz troffa zu werda als an Sechser im Lotto zu han. Aber ganz ehrlich: I dät lieber des Geld nemma.

Übersetzung für Nichtschwaben

Haben Sie einen Moment für mich? Ich muss dringend etwas loswerden.

Letzte Woche habe ich mich erstmals dazu hinreißen lassen, einen Lottoschein auszufüllen. Und Sie werden es nicht glauben: Ich habe auf Anhieb alle gezogenen Zahlen richtig angekreuzt. Aber als ich meinen Millionengewinn in der Annahmestelle einforderte, hat der schlecht gelaunte Mensch behauptet, mein Schein sei ungültig, weil ich alle Zahlen angekreuzt habe. Seiner ureigenen Spielregel zufolge sei es nur erlaubt, sechs Zahlen in einem Kasten anzukreuzen. Das scheint mir eine sehr enge Auslegung der Spielregel zu sein. Woher soll ein normaler Mensch denn wissen, welche sechs Zahlen gezogen werden? Das grenze doch an Hellseherei, entgegnete ich. Doch er stieß ein hämisches Knurren aus, das er wohl für ein Lachen hielt und sagte, es sei doppelt so wahrscheinlich von einem Blitz getroffen zu werden als im Lotto sechs Richtige zu erzielen. Vor diese törichte Wahl gestellt, würde ich mich in jedem Fall für das Geld entscheiden.

Nahverkehr mit Streuobstwiese

Einmal im Jahr rufen die Nahverkehrsunternehmen meiner kleinen Stadt dazu auf, die Busfahrerin oder den Busfahrer des Jahres zu küren. Sobald dies geschieht, brechen für die Nutzer des öffentlichen Nahverkehrs wahrhaft paradiesische Zeiten an.

In dieser Wahlperiode können Atomuhren nach den Bussen gestellt werden, so pünktlich sind sie. Das wiederum ist zunächst ein Problem für den Nutzer, denn dieser weiß ja, dass ein Fahrplan nicht mehr ist als ein Richtwertträger, an den sich eigentlich nur der Reisende zu halten hat. Gewohnheitsgemäß richtet er sich auf eine Verspätung ein, so wie es in den vergangenen Monaten vor der Auslobung des Wettbewerbs gang und gäbe war. Er hechtet also dem plötzlich pünktlichen Vehikel wild winkend hinterher und darf sich auf die nächste Überraschung freuen. Statt wie sonst auf das Gas zu treten, hält der Chauffeur so lange, bis der Fahrgast einsteigen kann. Offenbar geht ein hübsches Sümmchen mit dem Gewinn des Titels einher, denn selbst die mürrischsten und verstocktesten Charaktere werden zu selig-lächelnden Sonnenscheinchen, die den Fahrgast charmant begrüßen und ihm beim Aussteigen einen angenehmen Tag wünschen. Ansagen werden entnuschelt und mit so großer Freude vorgetragen, dass der Eindruck entsteht, man befände sich auf einer Kaffeefahrt und nicht etwa auf dem Weg zur Arbeit.

Besonders Gebrechliche oder Mütter mit Kinderwagen, sonst eher Opfer der zu Sadismus Neigenden, dürfen sich auf eine Periode des

Wohlgefallens einrichten – sie werden im wahrsten Wortsinn auf Händen in den Bus hinein- oder hinausgetragen.

Nicht selten werde ich in den Wochen auf Nahverkehrswolke 7 von den Fahrern mit Handschlag begrüßt, einige wollen sogar ihre Vesperbrote und den Pfefferminztee mit mir teilen. Oft werde ich gefragt, ob die Kabinentemperatur angenehm sei, ob mir ein zusätzliches Sitzkissen eine Freude bereiten würde oder ob ich die Beine hochlegen wolle.

Eine Fahrerin bestand sogar einmal darauf, mich vor meiner Haustüre absetzen zu dürfen, obwohl dies eine erhebliche Abweichung ihrer Route bedeutete. Dort angekommen fragte sie mich, ob sie auf eine Tasse Kaffee hereinkommen könnte. Semi-erotische Bilder flammten vor meinem inneren Auge auf. Ich sah sie nur mit Mütze und Münzspender bekleidet vor mir auf- und abtänzeln, sich lustvoll über die Lippen lecken, während sie mir »Kurz- oder Langstrecke« zuhauchte. Ich sah mich mit Halteschlaufen ans Bett gefesselt, während sie sich gelenkbusmäßig auf mich zu schlängelte und sich mit den Worten »Noch jemand zugestiegen« auf mich setzte. STREUOBSTWIESE.

Mit diesem Begriff holte ich mich in den Alltag zurück. Ich erinnere mich, dass ich auch »Flächennutzungsplan« und »Feinstaubalarm« hinterherschob, um auch den letzten Rest meiner unkeuschen Fantasie zu tilgen.

Gewonnen hat die Dame übrigens nicht. Ein Kollege von ihr heimste den Titel ein. Er hat jeden Tag kleine Geschenke an seine Fahrgäste verteilt: Freikarten für Kino, Theater und Ballett. Gerüchte besagen, dass einige kostenlos in seiner Finka auf Mallorca wohnen durften. Den Sieger habe ich nie kennengelernt, er fährt wohl nicht auf meiner Strecke. Ich habe schon darüber nachgedacht umzuziehen. Die nächste Wahl zum Busfahrer des Jahres kommt bestimmt.

Der Lump von Hausach
Ode an Wolf Biermann

Promi-Begegnungen sind keinesfalls schicksalhaft. Sie haben viel mit der eigenen Persönlichkeit zu tun, lassen sich lesen wie ein Psychotest in einer Frauenzeitschrift.

Zugegeben: Das scheint eine gewagte These zu sein, aber bei näherer Betrachtung steckt eine gewisse Logik darin. Ein Fußball-Fan wird sicher die Nähe zu einem seiner gegen den Ball tretenden Idole suchen. Eine leidenschaftliche Musikfreundin schafft es mit einer gewissen Einsatzbereitschaft in die Garderobe des Pop-Stars und ein Autor findet mit ein bisschen Glück seinen Leser, so dieser bereit ist, sich zu bekennen. Die Berühmtheiten wiederum geben sich volksnah, lassen sich von der sprudelnden Quelle der Anerkennung erfrischen, suhlen sich in dem Wissen um ihre Genialität, während ihnen vielstimmig beschieden wird, wie normal sie doch geblieben sind.

Mein Beruf als Journalist hatte mich schon oft schon in die Nähe von bekannten Persönlichkeiten gebracht. Ich saß mit den Fußball-legenden Guido Buchwald und Hansi Müller an einem Tisch, die Sängerin Helen Schneider hat mir das »Du« angeboten und ich durfte Ilja Richters halbstündigem Monolog über Theo Lingen am Telefon zuhören.

Doch meine nachhaltigste Begegnung hatte ich mit Wolf Biermann. Kurz, intensiv, uns für alle Zeiten aneinander bindend.

Der Liedermacher war, wie ich auch, Gast beim Literaturfestival »Leselenz« im Schwarzwalddörtchen Hausach. Dort bot er zusammen mit seiner Frau Pamela einen beeindruckenden Liederabend und im Anschluss eine ebenfalls bestaunenswerte Trinkleistung am Bierstand. Er scherzte mit seinen Anhängern, die ihn umlagerten, gab sicher auch das ein oder andere Bonmots ab, denn daran mangelt es ihm, der die Welt mit klugen Gedanken bereichert, nicht.

Was er genau sagte, konnte ich nicht hören. Ich stand einige Meter weit entfernt und unterhielt mich mit einer Hausacherin, mit der mich eine lockere E-Mail-Freundschaft verbindet. Es waren die üblichen Gesprächsthemen zwischen einer Frau und einem Mann, die wir zu dieser späten Stunde bemühten: die Wirtschaftskrise, der Einsatz der Bundeswehr in Krisenregionen und die Frage, welche neuen Eissorten ganz bestimmt kein Verkaufsschlager werden. Seegurke mit ganzen Früchten zum Beispiel. Oder Schierling, nur im Becher. Nicht zu vergessen: Kuh ganz hinten.

Wir führten den Dialog auf einer spirituellen Ebene, im transzendentalen Bereich, ein Beobachter hätte uns in diesem Moment wahrscheinlich bescheinigt, dass wir uns anschwiegen. Aber so war es nicht. Ich konfrontierte sie eben mit der unausgesprochenen Frage, ob sie es nicht auch seltsam finde, dass trotz globaler Klimaerwärmung meine Heizkosten jährlich steigen, als sich Wolf Biermann aus seiner Gruppe löste und auf uns zukam.

Er blieb bei uns stehen, kniff die Augen zusammen und röhrte: »Seid ihr ein Paar?«

Meine Begleiterin, die offenbar noch ganz in unserer telepathischen Verbindung steckte, rückte näher an mich heran und beantwortete meine Frage, also die nach den Heizkosten, mit einem lauten »Ja«.

Ich wiederum war geistig bereits in der Realität angelangt, rückte von ihr ab und erwiderte Biermanns Frage wahrheitsgemäß mit einem »Nein«.

»Der Kerl ist ein Lump«, ließ er ganz Hausach wissen und verließ die Veranstaltung in Richtung Hotel.

Nun werden die Anhänger des Liedermachers wissen, dass »Lump« zu den Lieblingsbeschimpfungen Biermanns gehört, dass darin sogar eine gewisse Ehrfurcht steckt. Es gibt ein Zitat von ihm, nach dem er gesagt haben soll, dass »in jedem Lump ein verschütt gegangener Heiliger steckt«.

Wolf Biermann hat also in Sekundenschnelle den Kern meines Wesens erfasst. Ich hätte es so niemals ausdrücken können, aber genau das bin ich: Ein in Missverständnissen, Fehlinterpretationen und Generalanklagen verschütt gegangener Heiliger, der alles auf sich nimmt, ohne Dank zu erwarten. Im Gegenteil: Ich danke dem, der das erkannt hat.

Einen Freund wie Wolf Biermann kann man sich nur wünschen, auch wenn man hin und wieder eine nett gemeinte Schmähung ertragen muss.

Seit diesem Vorfall hege ich die stille Hoffnung, in einem seiner Lieder vorzukommen. Vielleicht nennt er es sogar »Der Lump von Hausach«. Es wäre mein vorläufiger Höhepunkt im Leben.

Sehr viel wahrscheinlicher ist es jedoch, dass er kein Lied über mich schreibt. Daher sehe ich mich gezwungen, diese Begegnung, die geradezu nach einer lyrischen Aufarbeitung schreit, selbst für die Nachwelt zu erhalten. In einem

Gedicht für Wolf Biermann

Trinkt der Biermann einen Humpen,
nennt er fremde Männer Lumpen.
Dabei bleibt eines unbekannt:
Wie hätte er mich erst genannt,
hätt' er mich zuvor gekannt.

Kritiker unter sich

Eine Aufführung geht gerade zu Ende. Beifall braust auf, vereinzelte »Bravo«-Rufe dringen aus dem Auditorium.
Zwei Herren sitzen im Zuschauerraum und applaudieren.

Herr 1
Ein fantastisches Stück. Überzeugende Charaktere, packende Dialoge, dramatisch im Aufbau, mit einem unerwarteten Ende. Meines Erachtens hat es das Zeug zum Klassiker. Was meinen Sie?
Herr 2
Jo, 's war scho net schlecht. Aber 's isch halt...
Herr 1
Zu radikal in der Aussage? Oh nein, da kann ich Ihnen nicht zustimmen. Gerade darin liegt der Reiz. Ein klassischer Stoff wie dieser, der den immerwährenden Kampf des Guten gegen das Böse zum Thema hat, bedarf dieser modernen Mittel, um die Message rüberzubringen. Das ist meines Erachtens sehr gelungen.
Herr 2
Des ka ja sei. Aber letztendlich... I moin... Guckat Se sich doch om. Da dürfat Se koi große Kunschd erwarte...
Herr 1
Oh, da irren Sie sich aber. Wenn das keine große Kunst war, was dann? Das Stück hat Zeitgeist geatmet. Wunderbare Metaphern, die Prämissen sauber und klar identifizierbar herausgehoben, ohne die Assoziationsfähigkeit des Publikums zu unterschätzen. Ganz im Gegenteil. Das Publikum trug doch erheblich zum dramatischen Ablauf bei. Meisterlich, ich sage Ihnen, meisterlich.
Herr 2
I hab ja g'sagt, dass es net so schlecht war, aber i fend halt ..."

Herr 1

Ihnen hat bestimmt das Minimalistische daran nicht behagt. Dieses Reduzierte, dieses ganz-auf-sich-Gestellte.

Herr 2

Oh, von mir aus. I moin ja bloß …

Herr 1

Aber sehen Sie denn nicht, dass dies gewollt war? Die Charaktere bekamen doch dadurch mehr Raum. So wie auch dieses schlichte Bühnenbild Interpretationen evozierte. Da entstehen doch sofort Bilder im Kopf, oder nicht?

Herr 2

Bei mir sen koine Bilder im Kopf entstanda. I han g'seah, was I g'seah han.

Herr 1

Ja, gut, in diesem Punkt muss ich Ihnen Recht geben. Die Darsteller wirkten zeitweise etwas hölzern.

Herr 2

Was hen Sie erwartet, wenn Se en a Kasperletheater ganget?

Herr 1

Trotzdem. Daran könnte man noch arbeiten.

Herr 2

I gang jetzt. Mein Bua will no Karussell fahra.

Steuer-napping

Hen Ihr g'schwend Zeit. I muas Euch ebbes verzähla.
In ons'rer Zeitung da kommat oft so spannende G'schichtla. Erschd letschde Woch hab i g'lesa, dass mr Lösegeldzahlunga als außergewöhnliche Belaschdung steuerlich geltend macha ka. Des han i gar net g'wisst.
Jetzt sodd i bloß no oin fenda, der mei Weib, die Carola, entführt. Aber die schwätzt so viel, der Entführer dät die bestimmt nach ner Stond wieder hoimbrenga. Ond wahrscheinlich dät der was zahla, wenn i se wieder nemm. Ond na zahl i ja no meh Steuer als jetzt. Isch vielleicht doch koi so guate Idee.

Übersetzung für Nichtschwaben

Haben Sie einen Moment für mich? Ich muss dringend etwas loswerden.
In der Tageszeitung meines Vertrauens sind nur erstaunliche, wenn auch streng verbürgte Fakten zu finden. Erst letzte Woche wurde von Reportern aufgedeckt, dass Lösegeldzahlungen als außergewöhnliche Belastung steuerlich geltend gemacht werden können. Das war mir bislang nicht bekannt. Nun sollte es mir nur noch gelingen, einen Menschen zu finden, der psychisch stabil genug ist, um meine Frau Carola zu entführen. Denn sie redet mitunter wie ein Wasserfall, da hätte der Entführer bestimmt schon nach einer Stunde genug und würde sie womöglich wieder zurückbringen. Womöglich würde er auch einen mittleren fünfstelligen Betrag dafür bezahlen, wenn sie wieder bei mir einziehen kann. Das hieße, meine Steuerlast wäre höher als zuvor. Diesen Plan werde ich wohl nochmals überdenken müssen.

87

Internet macht's Leba oifach

Hen Ihr g'schwend Zeit. I muas Euch ebbes verzähla.
An Freind von mir, der hot jetzt au a Freundin. Aus dem Internet.
Ja, was, wie goht jetzt au des, hab i g'frogt. Des isch ganz oifach, hot
der g'sagt. Du meldesch dich auf so 'ner Seite a, wo au Fraua sen
und dann stellsch a Bildle von dir auf die Seite ond no gucksch du
dir die Fraua a und wenn dir oine g'fallt, machsch was aus. Dann
triffsch dich a paar Mol ond wenn 's dir langt, gohsch auf die Seite,
machsch mit der Alte Schluss und suchsch dir a Neue. Ganz ehrlich:
So ganz verstanda hab i des net, aber so wie es aussieht isch es durch
des Internet echt oifacher gworda, a Arschloch zom sei.

Übersetzung für Nichtschwaben

Haben Sie einen Moment für mich? Ich muss dringend etwas
loswerden.
Ein Freund von mir hat jetzt auch eine Partnerin gefunden. Im Internet. Wie er das denn angestellt habe, erkundigte ich mich. Es sei
kinderleicht, sagte er. Man melde sich bei einer Partnerbörse an,
vergewissere sich, dass es dort auch Frauen gäbe, dann stelle man ein
Porträt, gern auch ein paar anzüglichere Aufnahmen in sein Profil
und suche sich unter den Frauen, die Interesse zeigen, eine aus. Mit
dieser Frau treffe man sich dann, ein intimes Kennenlernen sei nicht
ausgeschlossen und wenn der Reiz des Neuen verflogen ist, besuche
man wieder die Plattform, entfreunde sich von der Bekanntschaft
und gebe einer neuen Dame eine Chance. So richtig verstanden
habe ich das Ganze nicht, aber offensichtlich scheint es durch das
Internet sehr viel einfacher zu sein, sich als ein »Lump« zu erweisen.

Die folgende kleine Episode ist eingefleischten Schwaben vorbehalten. Eine Übersetzung ist unmöglich, denn dadurch würde ihr der Witz entzogen. Nicht traurig sein, liebe Nichtschwaben. Es gibt ja noch sooo viel zu entdecken. Kleiner Tipp: Lesen Sie die gesprochenen Sätze laut, zum Beispiel in der Bahn. Wenn sich Ihnen die Pointen nicht erschließen, so tragen Sie zumindest zur Belustigung Ihrer Mitfahrer bei.

Schwäbisches Missverständnis

Neulich konnte ich drei ältere Herrschaften belauschen. Sie saßen auf einer Parkbank, genossen die herbstlichen Sonnenstrahlen und womöglich lag es an den klimatischen Verhältnissen, dass die Konversation des Trios in die falsche Richtung lief.
Mann 1: „Heut isch ganz sche wendig."
Mann 2: „Awa, heut isch et Mendich. Heut isch Doschtich"
Mann 3: „Au ja, i ben au durschtich. Ganga mr was drenka."

Halb neun, in der Frühstückspension
(Tassengeklapper, Schlürfgeräusche, das Ehepaar Helmle sitzt in froher Erwartung des Frühstücks am Tisch)

Kellner
Einen schönen guten Morgen. Haben Sie gut geschlafen?
Herr Helmle
Ja, also i ...
Frau Helmle (fällt ihm ins Wort)
Mei Ma scho. Wie ein Walross.

Herr Helmle
I schlof doch net wie a Walross.

Frau Helmle
Ja, wie hoißat die Viecher in der Wilhelma denn? Die schlofat doch au bloß, wenn mr die sieht.

(Zum Kellner gewandt)

Wissat Se, wenn mei Ma mol schloft, dann kannsch du den in die Baustell von Stuagart 21 neilega. Der hört und sieht nix. Allerdings macht der so a komischs Geräusch. So a Ha-püne-püne-pö-chr-sssst. Des wird emmer lauter mit der Zeit. Des kommt von seine Polypa in der Nos. Wenn er Luft holt, dann isch des, wie wenn de in a Flöte neiblosa duasch. Wenn er sich a bissle anstrenga dät, dann könnt er a Liedle spiela. Dann würd i ihn im Fersäh amelda. Als Supertalent.

(lacht)

Herr Helmle
Des interessiert doch koin.

Frau Helmle
Doch, der junge Mann hot doch g'frogt, wie mir g'schlofa hen. Also I hab ja koi Aug zug'macht. Bei dem Geflöte.

Kellner
Das tut mir leid. Was darf ich Ihnen bringen? Kaffee oder Tee?

Herr Helmle
So a Tasse Kaffee wär net schlecht.

Frau Helmle
Für mich an Kaffee. Und für mein Ma au, aber koffeinfrei. Des Herz. Ond sei Blutdruck, wissat Se. Sei Arzt hot g'sagt: Ihr Blutdruck isch so hoch, da müssa mir uffpassa, dass net irgendwann die Haut platzt. Wie bei 'nem Saitawürschtle, des mr zu lang kocht.

(lacht, greift nach seiner Hand)

Gell, du bisch mei Saitawürschtle?

Herr Helmle
(zieht seine Hand weg)
Bleds G'schwätz bleds.

Kellner
Möchten Sie auch ein gekochtes Ei?

Herr Helmle
Jo, i dät oins nemma.

Frau Helme
Bloß net. Denk an dein Choleschderin. Mir dürfat Se oins brenga. Aber bitte well done. Also praktisch a Drei-Minuten-Ei, des fünf Minuta im Wasser bleibt.

Kellner
Gut, den Rest finden Sie an unserem Buffet. Es gibt Käse, Wurst, hausgemachte Marmelade.

Herr Helmle
Subbr, da gang i glei mol no.

Frau Helmle
Du bleibsch hogga.
(zum Kellner gewandt)
Könntat Se ihm bitte an Magerquark mit Gemüsesticks brenga. Und an Haferflockabrei. Er hot doch emmer so a Sodbrenna. Und stößt so sauer auf. I sag`s ihne, des stenkt, da moinsch, du bisch in dr Klärgrub.

Herr Helmle
Des will der gwies net wissa.

Kellner
Gut, ich frage in der Küche nach, ob wir etwas für Sie tun können. Darf es sonst noch etwas sein?

Frau Helmle
Ja, könntat Sie des Fenster a bissle uff macha. I woiß, es isch no recht

frisch draussa. Aber er kriegt halt emmer so Schweißausbrüch. Sie, wenn der anfängt, da moinat Sie, Sie hockat neba einem Wasserfall. Und mir wellat ja net, dass sie nachher mit dem Boot hier reifahra müssat.

(lacht)

So, i gang mol zu Buffet, gell?

Herr Helmle

Ja, gang no.

(Ein weiterer Gast der Früstückspension betritt die Gaststube, sieht Herrn Helmle und nickt ihm zu)

Gast

Ja, wia, der Herr Helmle isch au scho auf. Wie gohts au emmer?

Herr Helmle

Woher soll i des wissa? Frogat Se mei Frau!

Meine kapitalistische Sozialisation

Am Tag nach meinem achten Geburtstag, nahm mich mein Vater nach dem Abendessen zur Seite, legte einen Arm um meine Schulter und sagte mit feierlichem Ton: »Mir müssat mol mitanander schwätza, mir zwoi.«

Allein die Förmlichkeit dieser Ansprache ließ mich aufhorchen. Strafaktionen leitete er meist mit der rhetorischen Frage »Was hosch denn wieder ang`stellt?« ein, meistens war er über das Vergehen bestens informiert. Wahrscheinlich wollte er mit durch diese Floskel die Möglichkeit geben, ein Geständnis abzulegen. Ein Leugnen war zum Zeitpunkt der Fragestellung bereits zwecklos. Meine schauspielerischen Fähigkeiten waren damals wenig bis gar nicht ausgeprägt, gespielte Empörung über eine ungerechtfertigte Verdächtigung hatte ich schon gar nicht im Repertoire, also blieb mir normalerweise nichts anderes übrig, als zu gestehen und die Sanktion zu akzeptieren.

Aber in diesem Moment war ich mir keiner Schuld bewusst. Dieses »Mir müssat mol mitanander schwätza« musste etwas anderes bedeuten. Etwas Inhaltsschweres schwang in der Formulierung mit, etwas Nachhaltiges, Lebensveränderndes. Wollte er mich aufklären und wenn ja, wie sollte ich es ihm beibringen, dass der Nachbarsjunge Georg dies unter Zuhilfenahme der Pornoheftchen, die er bei seinem Vater unter dem Bett gefunden hatte, bereits erledigt hatte? Mein Vater wies mir mit einer stummen Geste einen Platz am Wohnzimmertisch zu, setzte sich mir gegenüber, faltete die Hände auf der Tischplatte und sah mich mit ernster Miene an. Ich versuchte zu lächeln, aber mehr als eine Grimasse brachte ich nicht zustande.

»Also« begann mein Vater, „du bisch ja jetzt scho acht Johr alt.«

Das war absolut richtig, also nickte ich.

»Dei Muddr ond i hen d'rüber nochdenkt, dass du in dei'm Alter a oigens Geld han soddsch."

Ich schluckte. Was sollte dies bedeuten? Sollte ich arbeiten gehen? Ich hatte schon davon gehört, dass in anderen Ländern Kinder ihren eigenen Lebensunterhalt erarbeiten mussten. Aber in diesen Regionen waren die Eltern arm, wohnten in Wellblechhütten oder in Zelten, tanzten rituelle Tänze, tranken vergorene Ziegenmilch und ernährten sich von Riesenameisen und Wurzeln. Hatte mein Vater seine Arbeit verloren, mussten wir auf einen Campingplatz umziehen? Und überhaupt: Wo war meine Mutter? War sie bereits unterwegs, um Riesenameisen zu suchen und Wurzeln auszugraben? Hatte mich mein Vater womöglich bereits bei der Spargelernte angemeldet?

Ich kämpfte gegen die aufsteigenden Tränen an, was meinem Vater einen verwunderten Ausdruck ins Gesicht zauberte. Er kräuselte die Stirn, den Blick fest auf mich gerichtet und erläuterte: »Mir zahlet dir ab jetzt zwoi Mark Taschageld im Monat: Damit kannsch macha, was de willsch.«

Er strahlte mich an, doch ich musste diese Wende zum Guten erst einmal verkraften. Zwei Mark Taschengeld? Ohne eine Gegenleistung? Kein Gras zusammenharken? Keinen Bruder einhüten? Kein Geschirr abtrocknen? Keine Botendienste? Meine Eltern mussten verrückt geworden sein. Und dieser Gedanke an die geistige Verwirrtheit meiner Erzeuger stimmte mich so melancholisch, dass ich die Tränen nicht mehr zurückhalten konnte.

»Ha komm, zwoi Mark sen doch ganz guat«, rief mein Vater verwundert, da er mein Geheul falsch interpretierte. »Andere Kender kriegat gar nix.«

In diesem Punkt irrte er. Zufällig wusste ich, dass Martin aus meiner Klasse fünf Mark im Monat zur Verfügung hatte, die er in Brausestäbchen, Panini-Sammelbildchen, Gummifrösche, Comichefte und Sunkist-Pyramiden investierte. Sabine bekam drei Mark, verschwieg ihren Eltern jedoch, dass sie gleichzeitig fünf Mark vom Großvater bezog, was sie zur Besserverdienenden in unserer Altersgruppe machte. Und von Bernd wollte ich gar nicht erst anfangen. Doch ich spürte instinktiv, dass es besser war, in diesem Moment nichts zu sagen. Jeder Einwand hätte den Moment dieses Vater-Sohn-Gespräches zerstört. Außerdem waren meine Eltern ohne mein Zutun darauf gekommen, mir ein Taschengeld zu bezahlen.

»Drei Mark! Ond koin Pfennig meh«, polterte mein Vater und schlug mit der flachen Hand auf den Tisch. Die Sache war beschlossen, ich hatte meine erste Verhandlung in monetären Dingen erfolgreich abgeschlossen, ohne ein Argument vorzubringen.

Ab diesem Zeitpunkt spielte ich mit im kapitalistischen System der Zurschaustellung des Vermögens. Ohne Brausestäbchen, Panini-Sammelbildchen, Gummifrösche und Sunkist-Pyramiden war ich fortan nicht mehr anzutreffen. Ich gehörte zu den Besitzenden, konnte mich über die No-Name-Schokoriegel-Vertilger lustig machen, die zudem meist ungesüßten Tee aus einer Plastikflasche zuzeln mussten, die ihnen die Mutter am Vorabend befüllt hatte.

Ich lernte, mein Kapital so einzusetzen, dass meine Achtung wuchs. Kleine Geschenke besänftigten so manchen Raufbold oder sicherten mir die Gunst der Mädchen. Der Besitz von Dingen machte mich glücklich und so steigerte ich mich nach und nach in einen Kaufwahn, wurde zu einem wichtigen Bestandteil der Konsumgesellschaft. Im Laufe der Zeit verwandelten sich Süßigkeiten und Sammelbilder in Schallplatten, CDs, Bücher, Klamotten. Und das alles nur, weil mich mein Vater im Alter von acht Jahren mit der Droge des Geldes infiziert hatte und nun nicht mehr umhinkam, mein Salär den wachsenden Ansprüchen anzupassen.

»Ich bin ein Opfer«, schließe ich meine Erklärung, kann jedoch die missmutigen Blicke meiner Frau nicht besänftigen. Nein, im Grunde bin nicht ich es, dem ihr Unmut gilt, sondern die Gitarre, die ich zu kaufen gezwungen war. Ich bin der Meinung, dass ein Haushalt mit einer Gitarrenanzahl unter fünf, nicht als vollständig bezeichnet werden kann. Das versteht sie nicht und auch die Herleitung meiner Konsum-Sozialisation vermag daran nichts zu ändern. Kopfschüttelnd verlässt sie den Raum. Wahrscheinlich, um sich im Nebenzimmer von ihren 100 Paar Schuhen trösten zu lassen.

Freunde in der Not: Guido

Wenn von jemandem behauptet werden kann, dass er den Blick stets über den Tellerrand richtet, dann muss mein Freund Guido genannt werden. Nicht, dass er eine besondere Weitsicht bei gesellschaftlich oder politisch relevanten Themen entwickelt hätte, nein, bei ihm ist das wortwörtlich zu verstehen. Den Blick über den Tellerrand beweist er beim Essen und er endet meist auf dem Teller der Person, die ihm gegenübersitzt. Mit einem harmlosen »Derf i mol probiera« leitet er seinen Überfall auf die Speise des jeweils anderen ein und wäre der Begriff »Mitesser« nicht anderweitig belegt, hätte Guido ein Anrecht, diesen Titel zu führen.

Bedauerlicherweise bin ich es oft, der ihm gegenübersitzt und offensichtlich besitze ich die Gabe, Essen zu bestellen, das nicht nur mir, sondern auch ihm schmeckt, meist besser als seine eigene Wahl. Selbst als ich ihn einmal aufforderte, das Gleiche zu bestellen wie ich und er darauf einging, ließ er nicht von seiner Unart ab. »I woiß au net«, sagte er. »Aber dei Essa isch emmer besser.«

Lange Zeit war ich davon überzeugt, dass es genau diese Angewohnheit war, die eine Partnerschaft mit Guido unmöglich machte. Wieso sollte sich eine Frau darauf einlassen wollen, dass ihr ständig jemand im Teller herumstochert? Mit einem, der offensichtlich nicht weiß, was er will, der seine Entscheidungen fortwährend anzweifelt und so gar nicht dahinter steht.

Meine Überraschung konnte also nicht größer sein, als er mich neulich in ein Restaurant einlud, um mir seine neue Freundin Diana vorzustellen. Die beiden hatten sich in dem Internet-Partnerschaftsforum »Schätzle sucht Spätzle« kennengelernt, und vor allem ihre Liebe zur schwäbischen Küche hatte sie zusammengeschweißt. Es lag auf der Hand, dass die Wahl der Gaststätte auf eine fiel, die sich durch ihre regionalen Spezialitäten einen sehr guten Ruf erarbeitet hatte.

Eigentlich hätte ich mich freuen müssen, aber vor meinem inneren Auge sah ich Guido mir gegenübersitzen, wie er sich, von entsetzten Blicken seiner Angebeteten begleitet, meine Speise einverleibte. Zweifelsfrei bekäme die Seifenblase der Liebelei dadurch einen Riss und würde womöglich noch am selben Abend platzen.

Es geschah also zu seinem ureigenen Schutz, dass ich mir ein Gericht bestellte, von dem ich wusste, dass er es auf den Tod nicht ausstehen konnte. Ich kann zwar nicht behaupten, dass ich ein Freund von Sauren Nieren bin, aber das Herzensglück meines Kumpels war mir dieses Opfer wert.

Mein Plan schien aufzugehen. Kaum hatte ich dem Kellner meinen Wunsch diktiert, verzog Guido das Gesicht als hätte ich Kakerlaken-Omelette mit Maden-Mus geordert. Seine sehr sympathisch wirkende Begleiterin Diana entschied sich, der antiken Bedeutung ihres Vornamens entsprechend, für ein Wildbrett und ihr Galan für einen Rostbraten. Zufrieden lehnte sich Guido zurück und sah mich erwartungsvoll an. Vielleicht wäre es nach seinem Geschmack gewesen, wenn ich Bewertungstafeln in die Höhe gehalten hätte, um meine Einschätzung zu Diana kundzutun: Acht Punkte für das Erscheinungsbild, neun Punkte für Charme, sieben Punkte für Dialogführung, Abzug in der B-Note für zu hohes Lachen.

Vielleicht wollte er auch, dass ich ihm zunickte, um meine Zustimmung zur Liaison zu signalisieren. Oder ihn, im Fall der Ablehnung, gegen das Schienbein zu treten. Aber ich dachte gar nicht daran, ihm irgendein Zeichen zu geben, weil ich zu sehr mit dem Gedanken beschäftigt war, ob er seine Mitesser-Gewohnheit beim Anblick von Sauren Nieren wirklich unterdrücken konnte.

Der Kellner servierte unsere Gerichte. Wir griffen zu Messer und Gabel, legten die Servietten zum Schutz auf die Beinkleider, wünschten uns einen »Guada Honger« und konzentrierten uns auf das, was auf dem Teller lag.

Die Freude wähnte nur kurz, um nicht zu sagen, sehr kurz. Dann hörte ich den mir vertrauten Satz: »Derf i mol probiera?«

Ohne meine Antwort abzuwarten, spießte Diana ein Nierle auf und schob es sich in den Mund. Sie verdrehte die Augen »Oh, sen die lecker.«

Da hatten sich offensichtlich die Richtigen getroffen. Sie teilten nicht nur die Leidenschaft für gutes Essen, sondern auch eine Gemeinsamkeit, die mit Sicherheit von keinem Algorithmus des Partnerschaftsforums erfasst werden konnte: Die Liebe zum Mitessen.

»Derf i no a Stückle?«, fragte Diana, bevor sie den nächsten Bissen verschlang. Ich legte mein Besteck zur Seite und schob den Teller in ihre Richtung.

»Sag mol, du kannsch doch net oifach Zuigs von 'nem fremda Teller essa«, herrschte Guido seine Begleiterin an.

»Wieso denn fremd? Des isch doch dei Freund«, konterte sie.

»Ja meiner, aber doch net deiner. Oifach Zuigs von sei`m Teller klaua. Des macht mr doch net.«

Nun lehnte ich mich zurück. Die Sache schien spannend zu werden.

»I woiß au net. Aber des Essa von andere isch emmer besser als meins«, sagte sie.

»Woher willsch denn des wissa, du hosch es doch no net amol probiert«, erwiderte Guido und wies auf ihr unangetastetes Wildbrett.

»I ben auf Wild gar net so scharf. Also, wenn oiner von euch…«

Diana ließ sich nicht beirren und labte sich weiterhin an meinem Gericht. Nun wäre es einfach gewesen, ihr einen Tausch anzubieten, aber auf Wild war ich alles andere als wild. Ganz anders Guido. Seiner Gesichtsfarbe nach zu schließen, war er dabei, sehr wild zu werden.

»Des isch doch a Sauerei. Bei de andere im Essa romzomstochera. Wenn des jeder macha dät. O'hygienisch bis dort naus isch des. Ond beweist net grad, dass du a guate Kenderstub genossa hosch.«

»Willsch du mir schlechtes Benehma unterstella? Bloß weil i was von deim Freund probier? Im Gegasatz zu dir isch er net so kleinlich.«

»Ja, dann bleib doch bei dem, wenn der dir so viel besser g'fällt.«

»Er hot auf jeden Fall an bessera Gschmack. Rostbrota isch derartig gewöhnlich.«

»Jetzt mal langsam«, versuchte ich zu beschwichtigen. »Du, mein lieber Guido, stocherst doch auch ständig in meinem Essen rum. Also, in diesem Punkt passt ihr doch gut zusammen.«

»WAAAAS?«, entfuhr es beiden gleichzeitig.

»Die paar mol. Des isch doch et der Rede wert«, verteidigte sich Guido. Dann verengten sich seine Augen zu Schlitzen. »Ach deshalb hosch du saure Nierla bschdellt, weil du woisch, dass i des net mog. Du bisch ein schöner Freund«, schrie er und erhob sich ruckartig.

»Ond du meckersch über mei Erziehung? Dabei bisch du koi Hoor besser. Wenn es scho so los goht…«, keifte Diana und warf ihre Serviette nach Guido.

»Okay, dann macha mir halt glei Schluß. Bevor no deine andere schlechte Eigaschafta zum Vorschei kommat«, knurrte Guido.

»I ben wenigschdens koi so a verdruckter Luagabeutel wie du.« Diana stampfte mit einem Fuß auf, was ihr in meiner Bewertung der Haltung ebenfalls einen Abzug in der B-Note eingebracht hätte, drehte sich abrupt um und rauschte in Richtung Ausgang.

»So a Krachluader. Koi Wonder, dass die koin Mo fendet«, kommentierte Guido ihren Abgang.

»Wie wäre es mit einem Schnaps auf den Schrecken?«, fragte ich zaghaft. »Sag mir, welchen du magst. Den bestell ich dann für mich, damit du ihn austrinken...«

»Mit dir ben i au fertig«, schnauzte Guido mich an. »Im Grund bisch du Schuld an dem Drama. In Zukunft kannsch du alloi essa ganga.« Er knallte einen Geldschein auf den Tisch, hieß mich einen »Grasdaggel« und verschwand aus meinem Leben.

Irgendwie fehlt er mir. Und noch mehr seine Leidenschaft für das Mitessen. Denn was das Schlimmste ist: Seitdem ich meine Speisen nicht mehr unfreiwillig mit ihm teile, habe ich drei Kilogramm zugenommen.

Dalai Lamas verbotene Schriften

Es kommt zuweilen vor, dass ich Situationen erleben darf und mir insgeheim denke: Wenn ich das aufschreibe oder weitererzähle, dann vermutet ein jeder, mir bekomme die dichterische Freiheit nicht. Aber was soll ich tun, wenn das Abstruse meine Normalität zu sein scheint oder meine selektiven Wahrnehmungsantennen nicht auf Alltagsunterhaltungen anspringen?

So wurde ich neulich Zeuge eines Eklats, der vermeidbar gewesen wäre, wenn eine Partei sich versöhnlich gezeigt und nicht auf ihr Recht gepocht hätte.

Eine sehr junge Dame, geschätzte 18 Jahre alt, saß mit ihrem Freund in der S-Bahn. Beide waren sommerlich gekleidet, wobei sie offensichtlich etwas mehr unter der Hitze litt, zumal sie ein sehr knappes, bauchfreies Oberteil und sehr kurze Shorts trug. Die Beinbekleidung legte nicht nur viel Haut, sondern auch ein großflächiges Tattoo frei, das von ihrem Gegenüber, einem etwa 50-jährigen Herrn mit Stirnglatze und Hornbrille eindringlich begutachtet wurde. In einer schnörkeligen, kleinen Handschrift war der halbe Oberschenkel beschrieben, vermutlich handelte es sich um ein Gedicht oder die Abschrift ihrer Geburtsurkunde, so genau konnte ich das nicht erkennen. Ihr Gegenüber offenbar auch nicht. Deshalb schob er sich die Brille auf die Stirn, kniff die Augen zusammen und beugte sich ein wenig vor, um den Lesestoff zu entziffern.

Die junge Frau, die eben noch in irrsinniger Geschwindigkeit auf ihrem Smartphone herumgewischt hatte, sah vom Display auf, bemerkte den unerwarteten Leser, erschrak und stieß ihren Freund an. Der sah ebenfalls von seinem Smartphone auf, erkannte die Situation und schnauzte den älteren Herrn an.

»Was starrst du meinem Babe auf die Schenkel? Bist du pervers, oder was?«

Der Herr schüttelte den Kopf und fuhr mit der Lektüre fort. »Ich würde gern wissen, was da steht. Ich bin Lektor, wissen Sie?«, erklärte er und rückte noch näher heran. »Junge, Junge, da hatte aber einer eine Sauklaue. Das kann ja kein Mensch lesen.«

Die junge Frau drückte sich tiefer in die Sitzfläche, um Abstand zu dem Aufdringlichen zu gewinnen. »Mach was!«, herrschte sie ihren Freund an.

Der stand auf und gab dem Leser einen Stoß gegen die Schultern. »Ich hab gesagt, du sollt aufhören, ihr auf die Beine zu starren. Was geht dich das an, was da steht? Das ist privat.«

Der Herr stand auf, rückte die Brille zurecht und sah dem jungen Widersacher direkt in die Augen. »Dieser Text wird hier in der Öffentlichkeit ausgestellt und daher habe ich das Recht, ihn zu lesen. Es werden ja auch keine Plakate aufgehängt, die man nicht lesen darf. Wenn Sie also ein wenig zur Seite treten würden. Ich bin noch nicht ganz durch.«

Mit sanfter Gewalt schob er den Jungen zur Seite, der zu erstaunt war, um sich zu wehren. Der Leser ging in die Hocke, deutete mit dem Finger auf einen Buchstaben und sah die Frau an.

»Ist das ein G? Was soll das heißen? Gestern? Und das hier? Morgen?«

»Verpiss dich, Mann«, blaffte der Begleiter der jungen Dame und stieß den Widersacher so, dass er das Gleichgewicht verlor und in den Gang kippte.

Das wiederum rief Helfer auf den Plan, die in dem aggressiven Gebaren des Jungen einen klaren Angriff mit Verletzungsabsicht sahen. Die einen halfen dem Herrn auf die Beine, die anderen hielten den Aggressor in Schach.

»Was ist hier los?«, fragte einer der Helfer.

»Der will mich diesen Text nicht lesen lassen«, erwiderte der Lektor vorwurfsvoll und deutete auf den Schenkel der jungen Frau.

»Und wieso nicht?«, raunzte ein anderer den jungen Mann an.

»Das geht den einen Scheiß an. Der soll meinem Babe nicht zwischen die Beine glotzen.«

»Ich glotze ihrem Babe nicht zwischen die Beine«, konterte der Ältere erbost. »Ich lese, was auf dem Bein geschrieben steht. Aus beruflichem Interesse. Texte sind nun mal meine Leidenschaft. Und da er für jedermann sichtbar zur Schau gestellt wird, ist es mein gutes Recht, ihn zu lesen.«

Er nickte um Zustimmung heischend in die Runde, aber offensichtlich wollte sich niemand so recht äußern.

»Was steht denn da?«, fragte schließlich einer der Helfer.

»Das ist geheim. Ein Zitat von diesem Llambi.«

»Dieser Typ von »Let's dance«?«, hakte ein Helfer nach.

»Bist du bescheuert?«, fuhr die junge Frau ihren Freund an. »Das Zitat ist von Dalai Lama. Diesem Typ mit dem Bart.«

Diese Tatsache war mir neu. Ich hatte etliche Bilder des Gelehrten gesehen, einen Bart hatte er jedoch nie getragen. Verwechselte sie ihn mit Anselm Grün? Oder Karl Marx? Horst Lichter? Nun war meine Neugierde endgültig geweckt. Was stand auf diesem Bein?

»Wenn es sich bei dieser Schrift um ein Zitat von Dalai Lama handelt, ist diese Botschaft sicherlich an ein breites Publikum gerichtet. Also darf ich sie auch lesen. Alles andere wäre diskriminierend.«

Einer der Helfer beugte sich ein wenig vor, um eine bessere Sicht auf das Schriftgut werfen zu können, überflog die Zeilen und winkte ab. »Ach das, das kenne ich. Da geht es darum, dass du an Gestern und Morgen nichts ändern kannst. Kurz: Lebe heute. Keine große Sache.«

Der Herr verzog den Mund zu einem spöttischen Grinsen. »Und das lassen Sie sich auf den Schenkel tätowieren. Können Sie sich das nicht merken, oder wie?«

Der Freund packte ihn am Kragen: »Hast du gesagt, dass mein Babe dumm ist, oder was? Sie kann da drauf schreiben, was sie will.«

»Pff, wenn man sich eine solche einfache Sache wie »Lebe heute« nicht merken kann, dann ist es mit dem Intellekt wirklich nicht weit her. Und dann sind Gestern und Morgen auch noch klein geschrieben. Lächerlich. Haben Sie noch andere Körperteile, die sie beschrieben haben? Mit der simplen Botschaft »Einatmen, ausatmen?«

Das ist das Problem an Lektoren. Sie kennen oft die Grenze zwischen Ironie und kleinkarierter Besserwisserei nicht. Leider musste ich an dieser Stelle den Zug verlassen, konnte aber vom Bahnsteig aus durch das Fenster beobachten, dass der ältere Herr abermals zu Boden ging, während die Helfer den jungen Mann zurückdrängten. Als meine Frau später fragte, ob ich an diesem Tag etwas Besonderes erlebt hätte, wollte ich ihr schon von dem Vorfall um Dalai Lamas verbotene Schriften in der S-Bahn erzählen. Aber das hätte sie mir wahrscheinlich wieder mal nicht geglaubt. Mehr noch: Vermutlich wäre sie verärgert gewesen, in der Annahme, dass ich sie veräppele. Also antwortete ich: »Nö, war alles ganz normal.« Und irgendwie stimmte das ja auch.

Raumklima mal anders

»Saget Se mol. Ihr Wohnzimmer isch ja so ganz anders als früher. Hen Sie umbaut?«
»Noi, isch älles wie vorher.«
»Aber renoviert hen Se?«
»Scho lang nemme.«
»Die Möbel, die sens. Sie hen die Möbel umg'stellt.«
»Die standet scho seit Jahr und Tag so.«
»Aber die Bilder, die sen neu.«
»Awa, des sen die alte Schenka von mei' m Großvater.«
»Ha no, aber irgendebbes isch anders.«
»Jo, i war beim Frisör.«
»Jawoll. Des isch's. Des gibt doch glei a ganz anders Raumklima.«

Winter bleib fort - ein Plädoyer

In den letzten Jahren hat es im Mittleren Neckartal keinen Winter, wie wir ihn von früher kannten, gegeben. Natürlich kann der Überzuckerung der Landschaft durch Schnee ein idyllischer Aspekt abgewonnen werden, der zu romantischen Anwandlungen führen kann. Aber gerade die jüngere Vergangenheit zeigt, dass wir Bürgerinnen und Bürger auf den Winter verzichten können, in seiner offiziellen Abschaffung sogar Gefährdungspotenziale ausschalten, denen wir uns durch eine Wiedereinführung der Winterisierung aussetzen. Schnee und Eis auf versiegelten Flächen, insbesondere auf Straßen und Bürgersteigen, schränken nicht nur die Bewegungsfreiheit des Einzelnen ein, sondern binden zudem Ressourcen, die im Haushalt fehlen. Zur Beseitigung der Glätte wird der Einsatz von Salz erforderlich, was zu Elektrolyte-Mangel im menschlichen Körper führt, der nur durch Kartoffelchips, Erdnüsse und Salzstangen aufgefüllt werden kann.

Die Winterisierung und der damit einhergehende Abfall der Temperaturen macht es erforderlich, zusätzliche Kleidungsstücke wie Mütze, Handschuhe, Schals anzulegen, die weder dem unwinterisierten Kulturkreis entsprechen und zudem gegen das Vermummungsverbot verstoßen.

Des Weiteren wird ein erhöhter Energieverbrauch durch Hinzuziehung künstlicher Wärmequellen notwendig. Das bedeutet, dass alternative Energie zum Beispiel durch zusätzliche Windkrafträder erzeugt werden muss, die wiederum durch ihren Schattenwurf den Bürgerinnen und Bürgern auch den Sommer vermiesen.

Außerdem ist die Winterisierung in der Tau-Phase eine Zumutung für das menschliche Auge. Die Landschaft wird ihrer Natürlichkeit beraubt, mit einer ocker- bis kackbraunen Schicht überzogen, die nur durch die gezielte Einnahme von alkoholisierenden Getränken ertragen werden kann.

Als lösungsorientiertes Volk bieten wird dem Winter ein Ganzjahres-Asyl an, und zwar auf der Schwäbischen Alb, wo der Winter ja eigentlich hingehört und bei Ausbleiben sogar vermisst würde.

Ich danke Ihnen.

Nix passiert

Mann 1:	»Ond, wie gohts au emmer?«
Mann 2:	»I kann net klage.«
Mann 1:	»Ond Ihrer Frau?«
Mann 2:	»Au guat so weit. Sie isch letzte Woch vom Rad g'hagelt.«
Mann 1:	»Ond? Isch ebbes passiert?«
Mann 2:	»Net viel. Der Treppel isch verboga, der Rahma hot a paar Kratzer."
Mann 1:	»I moin doch: Ihrer Frau!«
Mann 2:	»Ach so, ja, die hot sich dr Arm brocha, zwei Rippen prellt, Schürfwunda. Aber Sie hot Glück g'hätt.«
Mann 1:	»Wieso?«
Mann 2:	»Auf dem Fahrrad war no Garantie.«

Sind wir nicht alle polymorph?

»Das bin ich!«

Artgenossen, die wie ich das Pech haben, ihre Lebensgefährtinnen beim Kleidungskauf begleiten zu müssen, werden diesen Aufschrei des Entzückens kennen. Sobald eine Vertreterin des schönen Geschlechts aus der Umkleidekabine tritt, um sich neu gewandet im Spiegel zu betrachten und Gefallen an dem findet, was sie sieht, fällt dieser Satz.

»Das bin ich!« oder in den modifizierten Formen »Dieses Kleid, dieses Kostüm, diese Hose, diese Bluse, dieser Mantel, Schal, Hut, Regenschirm bin GANZ ich!«

Wenn dieser Satz jedoch am Urlaubsort, zum Beispiel in einer tunesischen Boutique oder am Stand eines jamaikanischen Kleidungsmarktes fällt, wäre es für den männlichen Part des Touristengespanns ratsamer, die Abreise anzutreten. Denn die Folgen des Einkaufs von quietschbunten, sackähnlichen Gewändern, Pumphosen und mit Strass verzierten Schnabelschuhen sind offenbar: Die Trägerin outet sich, entweder an einem ausgewachsenen Sonnenstich zu leiden oder dem Charme des Verkäufers erlegen zu sein.

Selbst ansonsten sparsame und bedacht handelnde Kundinnen bezahlen für Dinge, die normalerweise nicht einmal den Weg auf die Ramschtische in den Kaufhäusern gefunden hätten, in keiner Relation stehende Preise. Und sind dennoch der Meinung, ein gutes Geschäft gemacht zu haben. Denn: Handeln gehört dazu und dem im Feilschen überlegenen Einheimischen 10 Prozent seines bereits erhobenen Zuschlags von mindestens 300 Prozent abgerungen zu haben, wird als Kennerschaft von Land und Leuten und Kultursachverstand eingeordnet.

Zu den Top-Modesünden, die eine Reisende begehen kann, gehört übrigens auch der Besuch beim Friseur, um sich traditionelle Rasta-Zöpfe flechten zu lassen, die in mehrstündiger Detailarbeit in dünnen Streifen über die Kopfhaut gelegt und mit Glasperlen und bunten Federn geschmückt werden. Mehr Ignoranz kann gegenüber der Rasta-Bewegung kaum an den Tag gelegt werden. Zum perfekten Un-Look fehlen nur noch der Kaugummi-Joint und der Plastikwasserflaschen-Bong.

Und die Männer? Werden sie von den Gefahren des Shopping-Nepps verschont? Aber nein.

Die Tourismus-Branche hat eigens für sie als Kulturtrip getarnte Kaffeefahrten eingerichtet. Es sind die Touren, die in Hotels als Geheimtipps angepriesen und für teures Geld gebucht werden müssen.

Erst wird die Grabstätte eines Monarchen besichtigt, der jahrzehntelang vom Volk als Buhmann verschmäht worden war, dann aber anfing, Teppiche zu bemalen und dadurch eine eigene Industrie ins Leben rief, was den Wohlstand aller sicherte. Dann geht es direkt in den Shop, in dem es eben diese Teppiche zu kaufen gibt.

Die Geschichte kann nahezu auf alle Warengruppen übertragen werden und funktioniert bei Halbedelsteinen genauso wie bei Gegenständen aus Fastgold und Quasi-Silber. Mit stolz geschwellter Brust kommen die Schatzsucher von ihren Expeditionen zurück und präsentieren ihre Beute, die jedem Juwelier im Heimatort die Lachmuskeln trainiert.

Ganz schlimm wird es, wenn selbsternannte Kenner vermeintliche Markenprodukte zu einem absoluten Schleuderpreis erwerben und dies für einen gerechten Einkauf halten. Wo Adidas draufsteht, ist halt nicht immer Adidas drin und Adi Dassler würde sich sicher im Grabe umdrehen, wenn er wüsste, dass seine so mühsam gepflegte Marke mit Schuhen in Verbindung gebracht wird, die bereits beim ersten 3-Kilometer-Lauf in ihre Bestandteile zerfallen.

Dem Käufer scheint diese Produktpiraterie egal zu sein. Denn der Kauf einer Marke, sei sie nun falsch oder nicht, zeugt doch vom guten Willen, Geschmack beweisen zu wollen, den man sich sonst nicht leisten kann. Das ist nur allzu menschlich und verständlich. Jeder will schließlich ein Teil des großen Ganzen sein.

Eine gewisse Grundkenntnis der Markenwelt darf jedoch auch von einem Käufer gefälschter Produkte vorausgesetzt werden. Ein Lacoste-Shirt hat nun mal ein Krokodil auf der Brust und keinen Frosch. Der Nobeldesigner heißt Pierre Cardin und nicht Pierre Karton und auch an der Luise Futton-Tasche werden sie wenig Freude haben. Und: Wer sich eine Kamel Aktiv-Jacke andrehen lässt, muss sich nicht wundern, wenn er fortan als ein solches bezeichnet wird.

Aber natürlich interessiert das am Ende wieder keinen. Genauso wenig wie es meine Herzallerliebste interessiert, wenn ich versuche, ihr bei der morgendlichen Auswahl der Kleidungsstücke zu helfen. Jeder meiner Vorschläge wird mit gerunzelter Stirn und dem Kommentar: »Das kann nicht dein Ernst sein. Das bin doch nicht ich!« begleitet. Komisch, neulich im Laden hörte sich das noch ganz anders an. Ach, wäre ich doch ein Frauenversteher. Aber das bin ich offensichtlich auch nicht.

Der Viel-O-Soff

In einem Haus im Hinterhof,
da wohnte einst ein Philosoph.
Wusst' nicht, was er denken soll,
drum trank er und war meistens voll.

Da dachte er: das ist zu dumm,
Ich änder' das, ich schul jetzt um.
Ich brauch nun mal den fiesen Stoff,
dann bin ich halt ein Viel-O-Soff.

Kleine Typologie der Weihnachtsmarktgänger

Mit jedem Weihnachten nahen auch die verlockenden Märkte, die mit Glühwein-Dämpfen, Zimt- und Wurst-Schwaden die Sinne des durch die Stadt bummelnden Volkes betören. Liebliches Geläut und vielstimmig vorgetragene Weihnachtsharmonien legen den Schleier der Verklärung über den grauen Alltags-Morast und locken die Besucher in Scharen.

Aber auch finstre Gesellen verlassen die heimischen Gestade. Sie gilt es zu erkennen, um ihnen aus dem Weg zu gehen. Denn eine jede dieser Gestalten hat das Zeug dazu, den Spaß der emotionsgeladenen Promenade in einen wahrhaftigen Höllentrip zu verwandeln.

Da wäre zum Beispiel der *Promenadus interruptus*. Die Vertreter dieser Spezies bleiben unvermittelt und ohne Vorwarnung inmitten der sich voran schiebenden Masse stehen. Meistens drehen sie sich zu einer Person um, die längst im Gewühl verloren gegangen ist. Oder sie starren ohne ersichtlichen Grund in die Luft, stoßen Entzückungslaute aus, weil sie eine pittoreske Fassadenverzierung oder auch nur eine flatternde Taube entdeckt haben. Eine Kollision ist für den Hintermann unausweichlich, was mit ohrenbetäubendem Geraune geahndet wird. Nicht selten fällt der Satz: »Hen Sie koine Auga im Kopf?«

Ebenso zu meiden ist eine Begegnung mit dem *Homo parvus passus*, dem gemeinen Trippler. Er ist der Sonntagsfahrer unter den Fußgängern und der Schrittgeber der Masse. An ihm vorbeizukommen ist schlichtweg unmöglich, denn er tritt überwiegend in Gruppen auf. Sein Merkmal sind winzige Schritte, die kaum der Fortbewegung dienen, aber darum geht es dem Trippler auch nicht. Er hat Zeit, eine Zielerreichung ist zweitrangig. Seine Mission scheint er in der Zwangsentschleunigung der Menschheit zu sehen. Ein ehrgeiziges, wenn auch zweifelhaftes Unterfangen. Denn es ist ihm zuzuschreiben, dass er durch sein Verhalten eine andere unangenehme Spezies der Marktbesucher provoziert.

Den *Brutus Rabiaticus* nämlich, den einfältigen Schieber.
Bei Vertretern dieser Rasse handelt es sich um etwas geistig unterbelichtete Objekte, die zudem dazu neigen, sich zu überschätzen. Vertreter dieser Gruppierung versuchen stetig, die komplette Menschenansammlung vor sich unter Aufbringung aller zur Verfügung stehenden Kräfte aus dem Weg zu räumen. Wehren sich die Angegriffenen, wird dies mit Ellbogenchecks, nicht unter zehn Stück, bestraft. Verwandt ist diese Type mit dem *Tyrannus Portica*, dem schlichten Türsteher.

Nicht ganz so aggressiv, aber dennoch eine Gefahr für Psyche und Physis ist der *Homo Ignoranzius*. Prägendes Merkmal ist ein gigantisches Gepäckstück, meist ein mehrere Hektoliter fassender Wanderrucksack, den er auf dem Rücken trägt. Ungeachtet seiner neuen Dimension dreht und wendet er sich im Pulk und schert sich nicht darum, dass sein Ballast ständig Fremden an die Köpfe knallt.

Ebenso gefährlich ist der *Spiritus Walkus*, der Geistergeher, der immer und überall gegen den Strom gehen muss. Meist ist er im Zickzack-Kurs unterwegs. Auch hier sind Kollisionen unvermeidlich.

Am schlimmsten jedoch ist die *Mater Wurschtikus*, die vergnügungssüchtige Mutter. Das durchaus lobenswerte Ansinnen, dem Nachwuchs frische Luft zu verschaffen und sich selbst ein wenig vom tristen Alltag abzulenken, führt diese Damen direkt hinein in das Zentrum des Geschehens. Sie packen den Nachwuchs in High-Tech-Wägen und schieben sie damit in eine handfeste Psychose. Denn das kleine unbedarfte Hirn, das seine Umwelt knapp über Bodenhöhe registriert, speichert eine Botschaft unwiderruflich ab: »Hilfe, um mich herum sind nur Ärsche.«

Schlaflos in Grapfareut

I hab auf di g'wartet,
Die ganze Nacht,
Stund um Stund
koi Aug zu g'macht.

I hab auf di g'wartet,
komma bisch net,
warsch wieder mol,
bei nem Andra im Bett.

I hab auf di g'wartet,
han was ei'gnomma.
Und dann, lieber Schlaf,
bisch doch no komma.

Was freu ich mich so Schaden

Viel besser als reiche Beute,
ist die pure Schadenfreude.
Tritt einer in `nen Hundehaufen,
stolpert gar beim schnellen Laufen,
wirft einer um ein volles Glas,
und macht somit sich selber nass,
tropft einem Sauce auf das Hemd,
dann lach nur, und zwar ungehemmt.
Denn: Wer da lacht erinnert sich,
das nächste Mal trifft's wieder mich.

Bollaguad

Ein Mann wich einem Bolla aus
Und lief kopfschüttelnd g'radeaus.
Bruddelt, meckert, verreißt das Maul,
läuft direkt in Arsch vom Gaul.
Auf diese Art, der Mann erfährt:
Der Apfel fällt nicht weit vom Pferd.

Die vier Heiligen drei Könige aus dem Schwabenland

Und es begab sich zu einer Zeit, es muss wohl um Weihnachten herum gewesen sein, da ging ein Stern über dem Neckartal auf, als Zeichen der Ankunft des Gottessohns. Diese Kunde blieb auch von Herbert, Ottmar, Karl und Gottlieb, den vier Heiligen drei Königen von Untertürkheim nicht unbemerkt. »Da müsset mir na«, lautete ihr einstimmiger Beschluss und so machten sich die Vier auf den Weg, um dem Spross des Allmächtigen ihre Aufwartung zu machen. Natürlich konnten sie dem Gottessohn nicht ohne Geschenke entgegentreten und so zermarterten sich die vier Heiligen Drei Könige die gekrönten Häupter, welche Gabe dem Kinde Freude bereiten könnte. König Herbert war es, den als erstes ein Geistesblitz durchfuhr: »Awa, der Jong wird an g'scheita Honger han. I bring ihm Lensa mit Spätzle mit, auf dass aus ihm ein rechter Kerle wird.«

Der Einfall wurde mit einem anerkennenden Nicken begrüßt, alle klopften König Herbert auf die Schulter und lobten ihn für den großartigen Gedanken.

Angeregt vom kreativen Geist, der die Könige umwölkte, gelangte auch König Ottmar zu einer Erkenntnis: »I ben mir sicher, dass des Kindle au an rechta Durschd hot. Und wenn der kloine Stompa wirklich der König aller Könige sei will, no braucht er ebbes von mei'm Spitza-Moscht."

Der Jubel, der diese hervorragende Idee begleitete, wollte kein Ende nehmen. Allerdings verspürte König Karl, wie ihn die glühende Nadel Eifersucht durchbohrte und er schalt sich, dass er nicht an das Naheliegendste, so wie seine zwei Vorredner, gedacht hatte. Es galt, nun eine Idee zu entwickeln, die das Zeug hatte, das bisher Geäußerte in den Schatten zu stellen. Und fürwahr, der kluge Gedanke ließ nicht lange auf sich warten.

»I sag euch oins: Dem Bua wird kalt sei. Der braucht obedengt a warms G'wand.«

Er ließ nach dem besten Schneider Untertürkheims schicken, der ihm 20 Jungfrauen besorgen sollte, um ihnen die alten Zöpfe abzuschneiden und aus ihrem Haupthaar einen herrlichen Mantel zu fertigen. Leider ließen sich nur zwölf Jungfrauen auftreiben, was die Begeisterung für den Vorschlag keinesfalls schmälerte. »No wird's halt an kloinerer Kittel«, sprach König Karl und befand, dass es gut war.

Neugierig und auch mit einer gewissen Häme betrachteten Herbert, Ottmar und Karl den König Gottlieb, der bislang seinen Vorschlag noch nicht vorgebracht hatte. Doch Gottlieb blieb die Ruhe selbst. »I kenn den Jong doch gar net. I bring euch mit, des muas langa.«

Leider war Untertürkheim in jenen Tagen noch nicht an das S-Bahn-Netz angeschlossen, was mitunter daran lag, dass es im ganzen Land noch keine Züge gab, höchstens ein paar Kreuzzüge, aber die kamen auch ohne Schienen aus. Also machten sich Herbert, Ottmar, Karl und Gottlieb zu Fuß auf den Weg. Schon bald, den Albtrauf hatten sie gerade eben erreicht, schmerzten ihre Glieder und zudem wurde ihnen bewusst, dass sie vergessen hatten, sich um den eigenen Proviant zu kümmern. König Herbert sprach aus, was alle dachten: »Sakradi, han i an Kohldampf. I glaub, mir solltat die Lensa mit Spätzle essa, des isch doch nix für a Baby. Nachher fahrt's dem Jong im Ranza rom und i ben schuld.« Und so ließen sich die vier Heiligen drei Könige das Gericht munden, es blieb kein Linselein oder Spätzelein übrig.

So gestärkt wanderte es sich gleich viel leichter, doch nun ging es bergan. Schnaubend ächzten sich die Wanderer die Steigung hinauf, in der Hoffnung dem Stern ein ganzes Stück näher zu kommen.

Schließlich blieb Ottmar stehen, wischte sich den Schweiß von der Stirn und sagte: »Heilixblechle, i hätt net denkt, dass des so weit isch. Außerdem han i einen Durschd, i könnt grad an See aussaufa. Wisset ihr was? I mach des Fässle Moscht uff. Des Butzele darf ja gar koin Alkohol trinka.«

König Ottmar konnte sich der kräftigen Schulterhiebe, mit denen sein Vorschlag für gut befunden wurde, kaum erwehren. Die Vier gossen sich ordentlich einen hinter die Binde.

Heissa, wie leicht es sich plötzlich wandern ließ. Es war als gingen die Füße allein voran, Schritt für Schritt, ohne Rast und Ruh. Ewig hätten sie so weitergehen können, wenn nicht ein plötzlicher Wintereinbruch sie bei Westerheim zum Stillstand gebracht hätte. Zudem waren die Könige müde geworden und so standen sie schlotternd und vor Kälte bebend in der Gegend herum und dachten darüber nach, was zu tun war.

»Wissat ihr was?«, durchbrach König Karl das rhythmische Geklapper der Zähne. »Mir könntet uns doch nolega, und mit dem G'wand fürs Baby zudecka. Und morga sehat mir weiter."

Die anderen Drei bibberten ihre Zustimmung und legten sich hin. Einem aber wurde schnell klar, dass das Gewand nur für drei Könige reichte. Gottlieb war es, der keinen Platz mehr darunter fand und ihn auch nicht einklagen konnte. Einen Anwalt hätte er um diese Uhrzeit nicht kontaktieren können, außerdem war es nur gerecht, dass er, der nichts dabei hatte, was er mit den anderen teilen konnte, nun Kälte aushalten musste.

Gottlieb entfernte sich von seinen Kameraden, blickte traurig zum Himmel und entdeckte ein Sternenbild, das ihn faszinierte. Es glich einem großen Wagen mit einer Deichsel. Einen Moment lang sah er sich auf diesem Wagen sitzen, das Gefährt lenkend, so ganz ohne Pferde durch den Nachthimmel gleitend. Er wollte diese

Vision gerne mit den anderen teilen, doch die waren längst in tiefem Schlummer versunken.

Also sprach Gottlieb: »Leckat mi doch am Arsch, i gang wieder hoim.«

Dort angekommen erfand er das Automobil und ging in die Geschichtsbücher ein. Den anderen Dreien jedoch gefiel es auf den Anhöhen der Schwäbischen Alb so gut, dass sie blieben. Sie gründeten einen Demeter-Agrarbetrieb und verdienten sich dumm und dämlich.

So kam es, dass das Jesuskind nie mit den Schätzen des Schwabenlandes beschenkt wurde und sich stattdessen mit Gold, Myrrhe und Weihrauch abfinden musste. Dass der kleine Junge gerufen haben soll: »Was soll i denn mit dem Gruschd, i han Honger, Durschd ond kalt isch mir au«, verschweigt die Bibel. Ebenso wie seine weisen Worte, als er über das Schwäbische Meer ging, die da lauteten: »Wenn i beim Bodensee koin Boden seh, isch des net schlimm, i kann ja schwimm.«

Überzeugungsarbeit

»Hast du das gelesen?«, fragte meine Lebensgefährtin und ließ die Zeitung sinken. Ich sah von meinem Frühstücksei auf und hob fragend die Schultern.

»Diesen Artikel über den Typen, der 35 Jahre in einem Erdloch im Wald gehaust und sich nur von Wurzeln, Pflanzen und Käfern ernährt hat.«

Ich erinnerte mich. Es war eine dieser kurzen Meldungen gewesen, mit der die Rubriken »Panorama«, »Aus aller Welt« oder »Verschiedenes« gefüllt wurden. Kleine skurrile Versatzstücke der Realität, die ein wenig Licht in das düstere Universum der seitenfüllenden Nachrichten bringen sollen.

»Ja, hab ich gelesen«, sagte ich tonlos. Ich versuchte den Löffel in das Eigelb zu stoßen, das unter dem verstärkten Druck zerkrümelte. Seufzend ließ ich davon ab.

»Findest du das nicht ungeheuerlich?«, hakte sie nach. An ihrem Ton erkannte ich, dass dieses Gespräch in eine Grundsatzdiskussion ausarten konnte, wenn ich mich nicht darauf einließ.

»Ja, wirklich unglaublich«, erwiderte ich mürrisch.

»Es ist mehr als das«, korrigierte sie mich. »Stell dir das doch einmal vor: Dieser Mann hat 35 Jahre lang nichts von der Außenwelt mitbekommen. Er weiß nicht, dass die Mauer gefallen ist. Auch nicht, dass Angela Merkel Bundeskanzlerin war. Dass wir jetzt den Euro haben und nicht mehr die D-Mark.«

Sie unterbrach ihre Aufzählung und blickte mich streng an. Offenbar reagierte ich nicht in ihrem Sinne.

»Er kennt kein Privatfernsehen, das Internet ist ihm völlig fremd, womöglich hat er noch nie einen Computer gesehen«, fuhr sie fort. »Handys, Smartphones, Tablets, E-Mails, Facebook, Twitter, das ist alles Neuland für ihn. Er hat nichts von 9/11, Tsunamis, von Fukushima, der Klimakatastrophe, der Wirtschaftskrise mitbekommen... Wo willst du hin?«

Ich war aufgestanden, hatte mir den Mantel und meine Mütze von der Garderobe geholt und war im Begriff, mich anzukleiden.

»Du hast mich überzeugt«, antwortete ich. »Ich gehe und suche mir auch ein Erdloch.«

Rückwärts immer.

Hen Ihr g'schwend Zeit. I muas Euch ebbes verzähla.
I han mir a neues Auto kauft. Mit Rückfahrkamera. Heidenei, i hätt net denkt, dass Rückwärtsfahra so an Spaß macht. I fahr ja bloß no rückwärts. Isch bloß schad, dass i mi net selbscht seha ko, no dät i mir zuwinka. So wie die Leut, die manchmol auftauchat ond dann ganz plötzlich verschwendat. Meischt duats dann so an Ruckler. Aber i glaub, des liegt an der Programmierung.

Übersetzung für Nichtschwaben

Haben Sie einen Moment für mich? Ich muss dringend etwas loswerden.
Ich habe mir jetzt einen neuen Personenkraftwagen angeschafft. Und zwar einen mit einer Rückfahrkamera. Potzblitz, in meinen kühnsten Träumen hätte ich mir nicht ausmalen können, dass es eine solche Freude bereitet, rückwärts zu fahren. Bedauerlich ist, dass ich mich in diesem Moment der Freude nicht in der Kamera sehen kann, sonst würde ich mir fröhlich zuwinken. So wie es die Menschen tun, die zuweilen auf dem Monitor auftauchen und im nächsten Moment verschwinden. Meist wird dieses Verschwinden von einem Poltern und Holpern oder besser gesagt von einem holprigen Poltern begleitet. Ich werde das bei der Vertragswerkstatt ansprechen müssen. Das liegt sicher an der fehlerhaften Programmierung.

Zahn der Zeit

Hen Se g'schwend Zeit. I muas Ihne was verzähla.
Neulich han i mei'n Onkel Kurt im Altersheim bsuacht. Der war
ganz uff gregt, weil er sei Gebiss nemme g'fonda hot.
»Heut morga beim Frühstück han i des no g'hätt«, hot er gsagt.
»Wahrscheinlich isch mir 's rausg'hagelt. Ond dann hot's die Elsbeth
g'fonda, die nemmt älles in d' Gosch, was se findet. Wie a klois Kend.«
Aber die Elsbeth hot's net g'hätt, des Gebiss vom Onkel Kurt. Son-
dern des vom Erwin, der beim Essa neba ihr hockt.
Dem Onkel Kurt sei Gebiss hem mir im Kühlschrank g'fonda. Im
Eisfach. »Des gibt so an frischa Gschmack im Maul«, hot der Onkel
Kurt gsagt. Hoffentlich werd i net au so, wenn i alt ben.

Übersetzung für Nichtschwaben

Haben Sie einen Moment für mich? Ich muss dringend etwas
loswerden.
Neulich habe ich meinen Onkel Kurt in der Seniorenresidenz be-
sucht. Er war außer sich, weil er seinen Zahnersatz nicht mehr finden
konnte.
»Heute morgen beim Frühstück hatte ich ihn noch«, hat er gesagt.
»Womöglich ist es mir in einem Moment der Überraschung oder der
Erheiterung – Hermann Brettschneider ist ein fantastischer Witze-
Erzähler – aus dem Mund gefallen. Und dann hat es die verwirrte
Elsbeth gefunden. Sie nimmt alles in den Mund, was sie findet und
unterscheidet sich damit kaum von einem Kleinkind.«
Unsere ausgiebige Recherche ergab, dass Elsbeth den Zahnersatz
meines Onkels nicht im Mund hatte. Aber den ihres Tischnachbarn
Erwin.

Den Zahnersatz von Onkel Kurt haben wir in der Kühl-Gefrier-kombination im Eisfach gefunden. Diese Vorgehensweise trage sehr zu seinem Wohlbehagen bei, hat Onkel Kurt gesagt. Er habe immer so ein frisches Gefühl im Mund. Ich kann nur hoffen, dass diese Art zu denken nicht in den Genen liegt. Ich möchte keinesfalls so werden wie er.

Danke! Danke! Danke!

Niemals hätte ich gedacht, und damit geht es mir wahrscheinlich nicht alleine so, dass wir eine Pandemie erleben. Die Wohlstands-Lore lief auf geradlinigen Schienen, schnell genug, um keinen allzu genauen Blick auf das Geschehen am Wegesrand werfen zu müssen. Und viele, darunter auch ich, haben wohl geglaubt, dass es immer so weiter geht.

Doch das Gefährt wurde aus der Bahn geworfen und ließ sich nur schwer, zum Teil auch nicht mehr, in Bewegung setzen. Lieb gewordene Geschäfte, Restaurants, Bars, Veranstaltungsorte mussten für immer schließen und der kleine Hoffnungsschimmer, der am Ende des Lockerungstunnels glomm, erwies sich oft als Irrlicht.

Und als sei dies nicht Schicksal genug, verließen zwei über alle Maßen geliebte Menschen in dieser Zeit das Leben, mein Vater und meine Schwägerin. Es fühlte sich für die gesamte Familie an, als würden wir am Fuß eines Berges stehen und einer Lawine zusehen, wie sie auf uns zurollt.

Zum Glück gab es in dieser Zeit Freundinnen und Freunde, die mich aus meiner Lethargie weckten und mir dabei halfen, den Glauben an mich, die Welt und bessere Zeiten zu bewahren. Würde ich an dieser Stelle alle Namen aufzählen, würde es den Umfang eines Nachwortes sprengen, womöglich würde ich in meiner Schusseligkeit jemanden vergessen. Ich denke, diejenigen, die gemeint sind, wissen, wie wichtig sie waren und sind. GEMEINSAM haben wir der Pandemie die Stirn geboten.

Mein besonderer Dank geht an Sue Glanzner, die durch ihre herzerfrischende Herangehensweise an das Manuskript die Lust weckt, mehr zu schreiben. Immer wieder tauchten in ihren Kommentaren lachende Smileys und witzige Zeilen/Ideen auf, die ich gern umgesetzt habe. Mein ebenso herzlicher Dank geht an Karolin Kornelsen, die das tolle Cover gestaltet hat und für den Satz zuständig war.

Ich danke Regina für ihre Eselsgeduld mit mir und dass wir die düsteren Zeiten zusammen durchstehen konnten. Und vielen Dank auch an meine Familie für das Verständnis, wenn ich manchmal nicht so da sein konnte, wie ich es gern gewollt hätte.

Über den Autor

Olaf Nägele ist in Esslingen geboren, arbeitet als Redakteur, Autor und Humorhandwerker. Er gilt als engagierter Verfechter des New Swabism. In dieser Eigenschaft ist er seit dem Jahre 2005 missionarisch-literarisch unterwegs und versucht durch Hörspiele, Anthologien, Romane, durch Radio-Kolumnen und durch zahlreiche Live-Lesungen Vorurteile gegen die Schwaben zu entkräften.

Veröffentlichungen

2021   Goettle und die Blutreiter, Gmeiner Verlag

2018   Goettle und das Kindle vom Bussen, Silberburg Verlag

2016   Goettle und die Hexe vom Federsee , Silberburg Verlag

2015   Goettle und der Kaiser von Biberach, Gmeiner Verlag
           Kriminalromane

2014   Buddha Brezel, Silberburg Verlag
           Kurzgeschichten (nicht mehr lieferbar*)

2013   Smartbook Stuttgart, Silberburg Verlag
           Sachbuch (zusammen mit Co-Autor Jürgen Seibold,
           nicht mehr lieferbar*)

2012   Das Flädle-Orakel, Silberburg Verlag
           Roman (nicht mehr lieferbar)

2010   Gsälz auf unserer Haut, Silberburg Verlag
           Roman (zusammen mit Co-Autorin Julie Leuze,
           nicht mehr lieferbar*)

2008   Ha noi Express, Silberburg-Verlag
           Kurzgeschichten (nicht mehr lieferbar*)

2007   Maultaschi Goreng, Silberburg-Verlag
           Kurzgeschichten (nicht mehr lieferbar*)

Hörspiele für den SWR:

2004   „Wenn der Nachbar zweimal klingelt"

2006   „Weinwanderung wider Willen"

2008   „Romantik für Jedermann"

* Nicht mehr lieferbar bedeutet, dass die Titel nicht mehr über Buchhandlungen zu beziehen sind. Bei Interesse versuchen Sie es einfach beim Autoren selbst. Email: info@olafnaegele.de